Heureusement, elle n'a pas souffert

Bruce Toussaint

Heureusement, elle n'a pas souffert

Stock

Ouvrage publié avec le concours
de Guy Birenbaum

Couverture : Le Petit Atelier

ISBN : 978-2-234-09467-3

À Catherine
À Lola
À Noé

« Y a tant de larmes et de sourires à travers toi que jamais tu ne nous quitteras »

Charles Aznavour,
« La mamma » (paroles de Robert Gall)

« Le bonheur, ce sont des petits moments qu'on saisit dans la vie. Moi je suis très malheureux et très heureux… Je refuse les moments où l'on s'ennuie. On vit entre deux catastrophes. Et entre ces deux catastrophes, il faut vivre intensément et très fort. »

Jean-Louis Trintignant

C'est une petite maison adossée à la colline

Un pavillon de banlieue, sans charme particulier, avec des tuiles marron et un crépi fatigué. J'y entre aujourd'hui pour la dernière fois de ma vie. La peinture blanche du portail est tout écaillée. Quelques brisures tombent quand je force un peu la serrure inutilisée depuis de longs mois.

Je traverse la petite terrasse en dalles qui précède l'entrée.

Les plantes sont mortes, forcément. Personne n'était là pour s'en occuper. Après avoir ouvert les volets en bois et les portes-fenêtres, je cherche l'odeur qui m'était si familière. Celle de la cuisine, et des plats que ma mère faisait mijoter, quand je rentrais de l'école. Une cuisine méditerranéenne. À l'huile ! Les pommes sautées, le poulet frit, et les desserts généreux. Un mélange de saveurs qui rendait cette maison encore plus accueillante.

Mais je ne sens rien. Tout est parti. Les meubles, les tapis, les tableaux... la vie.

La table en chêne, les canapés rouges en cuir et le vaisselier abritant un service de porcelaine de Chine, rapporté d'Extrême-Orient, dans les années 1930, par mon arrière-grand-père, chauffeur de profession, qui avait accompagné son employeur dans un long périple autour du monde. Un souvenir ancré dans la légende familiale.

Quarante ans d'existence et des poussières.

Par réflexe, je me dirige vers la buanderie, pour vérifier que tout a été vidé. Les étagères où s'entassaient les pots de confiture et les conserves de grillons de canard sont nues. Plus rien non plus dans les casiers à vin. Quelques jours plus tôt, j'avais retrouvé la bouteille de château-pontet-canet à l'étiquette jaunie. Et pour cause, c'est un millésime de 1947 ! L'année de naissance de mon père. Je la lui avais offerte pour son dernier anniversaire, six mois tout juste avant son décès. Il n'a pas eu le temps de l'ouvrir...

Je la conserve aujourd'hui chez moi et me demande régulièrement à quelle occasion j'aurai le courage de la déboucher. Ce grand cru me met le cafard à chaque fois que je l'aperçois.

Je reviens dans la pièce à vivre, comme on dit désormais. Il ne reste que la cheminée et une petite table, sur laquelle nous avons laissé des modes d'emploi, des documents et trois photos de la maison au moment de sa construction, pour les donner aux futurs propriétaires.

Sur ces clichés, on voit la charpente en train d'être posée, les briques rouges toujours apparentes. On est en 1980. En plein chantier ! Mes parents réalisent le rêve de leur vie. Une maison rien que pour eux. Avec du terrain et des arbres fruitiers. Un endroit pour vivre. Ils ont la trentaine. Et sont venus s'installer à vingt-cinq kilomètres au sud de Paris, dans le village de Marcoussis. Si loin, si proche de la capitale. C'est encore la campagne à l'époque, on croise des tracteurs dans les rues, mais on peut gagner la porte d'Orléans en une demi-heure.

J'ai sept ans. Je vais bientôt entrer en CE1 à l'école des Acacias, dans la classe de Mme Duboelle. Je me souviens très bien de la pose de la première pierre, et du lancement du chantier. Une nouvelle vie commençait pour nous. On était fauchés à cause de cet achat, mais je ne m'en rendais pas compte.

Ma sœur allait naître quelques mois plus tard. Et cette maison serait celle de notre enfance et de notre adolescence.

C'était le temps où on entrait ici comme dans un moulin. Portes ouvertes, toute la journée, même quand nous étions à l'école ou au travail.

Nous n'avons jamais été cambriolés. Il faut dire que les voleurs auraient été déçus. Il n'y avait rien (ou pas grand-chose) à dérober.

Aujourd'hui, quatre décennies plus tard, ce pavillon est « mon héritage ». Dans la voiture, sur la nationale 20 défigurée par les panneaux lumineux et les publicités sauvages, j'ai écouté en boucle la chanson de Benjamin Biolay :

Si tu ne fleuris pas les tombes, mais chéris les absents
Si tu aimes la marée basse, le soleil sur la terrasse et la lune sous le vent,
Ce n'est pas ta faute, c'est ton héritage

Une pluie fine vient ajouter un peu de mélancolie à ce jeudi d'octobre que je redoutais depuis un an. Puisque cette ultime visite coïncide presque jour pour jour avec le triste anniversaire de la mort de ma mère. Un an entre ce drame et le mot FIN.

Dans quelques minutes, avec l'agent immobilier qui a organisé la vente, nous allons relever les compteurs. Et accueillir le couple qui va s'installer dans notre maison. Notre « ancienne » maison. Je dois m'y faire…

Les voilà, ils ont la cinquantaine. Ils sont charmants. Je les vois repérer ce qu'ils veulent faire, un coup de peinture par-ci, un nouveau parquet par-là. Nous échangeons des banalités. Sur le voisinage, les clés, et la chaudière.

Ils m'annoncent qu'ils dormiront là le soir même.

« Ah déjà ? »

Comme si je pouvais encore repousser l'échéance.

Je cache mon émotion. Je ne vais pas éclater en sanglots devant ces inconnus, au milieu de ce pavillon vide.

Bon, il est temps de partir, d'aller chez le notaire signer l'acte de vente. Le commercial nous demande s'il peut nous prendre en photo pour le compte Facebook de l'agence. Il ne manquait plus que ça... Comme il vient de nous offrir à chacun un panier de petits cadeaux, et même du champagne, je me vois mal l'envoyer sur les roses. Va pour la photo...

L'agent me propose de tenir dans les mains un ballon de rugby, car c'est l'emblème de la société (Marcoussis est la nouvelle capitale de l'ovalie, depuis qu'elle abrite le centre d'entraînement du XV de France). Et nous prenons la pose sur la terrasse. J'ai l'air un peu idiot sur le cliché. J'ai le physique du rugbyman mais pas la dégaine.

Je souris pour me donner une contenance et parce que les nouveaux propriétaires sont, eux, sincèrement heureux.

Pour ma sœur et moi, l'histoire s'achève. Nos parents sont morts, l'un après l'autre, en si peu de temps. Ils sont partis trop tôt, trop jeunes. Leur absence est pour nous comme un jour sans fin.

Cette maison était l'ultime vestige de notre famille. Je la quitte en regrettant d'être aussi ému. Je m'étais juré de ne pas tomber dans cette sensiblerie. Après tout, une maison, c'est quoi ? Du béton, des pierres. Des emmerdes.

Si seulement…

Je regarde une dernière fois la façade. J'ai envie de crier à ces inconnus qui sont maintenant chez eux qu'ils ne se rendent pas compte de ce qui est en train de se passer. Que cette maison est hantée.

En remontant dans ma voiture, j'écoute une autre chanson, « Quatre murs et un toit » de Benabar.

Et je me mets à chanter tout seul :

Cette maison est hantée, c'est vrai, de gentils fantômes, de monstres et de dragons que les gamins savent voir,
De pleurs et de bagarres et de copieux quatre-heures

À croire que j'ai une playlist pour cette tournée d'adieux.

Tout défile alors.

Les repas de famille, les soirées passées dans ma chambre à jouer au train électrique de la marque Jouef que ma grand-mère avait acheté dans une boutique à Saint-Lazare, mon addiction à l'info, développée dès l'âge de douze ans, j'écoutais la radio pendant des heures, les multiplex de football sur Europe 1, avec Eugène Saccomano et Yves Bigot que j'enregistrais pour décortiquer et imiter le phrasé des commentateurs, les jeux de société avec ma sœur, et l'escalier où je me cachais pour espionner mes parents et regarder la fin du film du dimanche soir, surtout les comédies de Louis de Funès.

Les anniversaires, les réveillons, les éclats de rire, le jour du bac, le cognac, et puis, beaucoup plus tard, la maladie de mon père, prostré sur son fauteuil, grimaçant de douleur.

Ma mère déchirée par le deuil, survivante éphémère, seule dans cette maison, avant de disparaître à son tour.

Le bonheur, c'est la somme de tous les malheurs qu'on n'a pas vécus. J'aime cette phrase. Elle est dure, mais juste. Nous étions heureux. Mais le savions-nous vraiment ?

Signature, succession, vente.
Je rentre épuisé.
Il pleut toujours.
Et je n'ai plus envie de chanter.

Et si la vie était une comédie italienne, comme le clamait Guy Bedos sur scène ? « Tu ris, tu pleures, tu vis, tu meurs. »

Ce serait tellement simple, et tellement beau. Mais ça, c'est du cinéma. La vraie vie ne ressemble pas à un film de Dino Risi. La vraie vie nous dit l'inverse.

Les drames de l'existence, on ne veut les voir que sur grand écran. Quand la mort frappe à la porte, la salle se vide. Et l'on est seul, désespérément seul.

Dans un monde où l'on recherche à tout prix le plaisir, l'épanouissement personnel, la réussite, où l'on demande cinq étoiles pour juger la qualité d'un repas, le trajet d'un chauffeur VTC, dans ce monde où tout se vaut tant qu'on semble y trouver une forme de bien-être, la perte d'un être cher ne se partage pas. Ou si peu. Ou si mal. J'en ai fait cruellement l'expérience. Deux fois.

Mon père est mort, à l'âge de soixante-huit ans, en mai 2016.

Je ne m'en suis pas remis.

Ma mère est morte, à soixante-treize ans, en octobre 2021.

Je ne m'en suis pas remis.

Et alors ? Tout le monde est amené à perdre ses parents. C'est dans la nature des choses. Je le sais, et j'ose à peine m'en plaindre, mais pourquoi étais-je si mal préparé à ces disparitions prématurées ? Et pourquoi ai-je tant de difficultés à surmonter cette double absence, cette double peine ?

Je pensais, naïvement, que la tristesse s'estomperait. Que le chagrin doucement se muerait en nostalgie. Mais non, je suis ramené sans cesse à cette douleur qui m'envahit dès que la vie, les rencontres, les lieux soulignent leur absence. Dès que je ne peux les serrer dans mes bras.

Sans parler des dates anniversaires, de la fête des Mères, des Pères, et de Noël… Ce calvaire pour ceux qui restent. Le pire jour de l'année ! Les fantômes qui vous regardent droit dans les yeux et hantent chaque instant de nos retrouvailles familiales.

C'est la vie…

Non, c'est la mort.

Arrêtons de jouer sur les mots. Elle est là, et on doit faire avec. Alors, bien sûr, la science évolue et accroît l'espérance de vie. C'est une avancée extraordinaire. Songez qu'en 1900, elle s'établissait statistiquement, autour de quarante-cinq ans. La vieillesse, même si ce mot ne veut plus dire grand-chose, ne se vit plus comme une fatalité, mais comme une chance. Il n'y a jamais eu autant de centenaires sur Terre. Le progrès nous permet de garder nos parents jusqu'à un (troisième ou quatrième) âge avancé.

J'aurais adoré voir vieillir les miens. Juste un peu plus, les garder près de moi. Les écouter radoter. Se plaindre. Du temps et de tout. Avec un débit de parole qui ralentit. J'aurais aimé voir leurs yeux se plisser sous le soleil et leurs rides se creuser. Je n'aurai pas cette chance. Et je n'ai pas compris non plus, avant d'y être propulsé, pourquoi le deuil, le manque étaient des sujets tabous. Silence radio, on n'en parle pas.

Des exceptions existent. Dans son excellent livre *Vivre avec nos morts*, Delphine Horvilleur explore le processus de deuil et veut faire triompher la vie.

« Même quand une personne n'est plus là, il est possible de poursuivre une conversation », écrit-elle.

C'est vrai, et je me réjouis chaque fois que je peux rendre un petit hommage à mon père et à ma mère, ne serait-ce qu'en continuant à parler d'eux avec mes proches.

Mais pour nous, les vivants, la sentence est trop lourde.

Nous subissons de front l'infinie tristesse et l'absence ainsi qu'une déshumanisation qui ne fait pas honneur à notre société. Démarches administratives, succession, vente d'une maison ou d'un appartement, c'est le règne de la paperasse. Cachez cette émotion que l'on ne saurait voir.

La mort, ça fait peur. C'est moche. Elle fait pourtant partie de nos vies. Arrêtons de nous voiler la face. La farce. Et si on en riait aussi ? Pourquoi pas ? Ce sera toujours mieux que l'indifférence.

En ce qui me concerne, avant de finir par rire, en effet, de certaines situations, j'ai choisi la psychothérapie puis la psychanalyse pour affronter cette épreuve.

Quatre mois avant la mort de mon père, sachant qu'il était condamné, j'ai poussé la porte d'un psy reconnu, le docteur Nasio, pour qu'il m'épaule. J'ai découvert un homme brun, d'un certain âge, comme mon père. Un homme dont l'espagnol est la langue maternelle, comme ma mère. Ce n'était sûrement pas un double hasard.

Ai-je moins souffert grâce à lui ?

Non.

Ai-je mieux compris ce que je vivais ?
Oui.

Mais le chemin est long vers l'acceptation. Il m'est, par exemple, quasiment impossible de me rendre sur la tombe de mes parents. C'est au-dessus de mes forces. Le cimetière se trouve à vingt minutes de chez moi. Pousser la grille, marcher dans les allées, et se retrouver face au caveau est une épreuve. Pourtant, le lieu est paisible, au milieu des champs. Pas loin du circuit automobile de Monthléry qui faisait rêver mon père. Tout près également de ce petit bois qui donne aux alentours des allures de province. Non, pas la peine d'insister. Les rares fois où je m'y rends, je repars en courant.

Aujourd'hui, presque sept ans après la disparition de mon père, et un peu plus d'un an après la mort de ma mère, j'éprouve le besoin d'écrire sur cette histoire simple et universelle.

L'histoire tristement banale d'un homme d'une quarantaine d'années qui redevient un enfant, au moment où il doit dire adieu à ses parents, presque coup sur coup, c'est ainsi que je l'ai vécu.

L'histoire d'un journaliste, à l'antenne tous les jours depuis plus de vingt ans, dont la visibilité publique vient percuter l'intimité d'une famille.

Spoiler : aucune anecdote croustillante sur la vie des rédactions dans ce livre ! Aucune révélation sur le PAF et ses turpitudes.

J'ai choisi de mettre cela de côté pour témoigner. J'ai choisi d'écrire pour partager cette douleur, que nous sommes si nombreux à vivre en silence.

Il n'est pas naturel pour moi de me raconter, de m'épancher. Je défends ma vie privée farouchement, avec ténacité et constance. J'évite autant que possible les photos de vacances sur les réseaux sociaux. Une fois, une seule, j'ai cédé aux sirènes de la peoplisation en accordant une interview à un magazine qui exigeait des photos avec ma femme, elle aussi journaliste. J'ai détesté ce moment. En arrivant, le photographe m'avait lancé : « Si on met les gosses dans le reportage, on a quatre pages de plus, ça vaut le coup ! »

Je débutais dans le métier, mes enfants étaient petits, j'avais besoin de cette exposition, mais j'ai refusé. Je ne le regrette pas une seconde. En réalité, je suis comme ça. Probablement parce que mes parents, justement, m'ont éduqué ainsi. Discret. Pudique. Ce qui m'intéresse ? Les autres. C'est pour eux que je fais le beau métier, souvent si décrié, de journaliste. J'essaie de comprendre comment marche le monde, comment vivent les gens, ce qu'ils ressentent.

Ce livre pourrait donc surprendre.

Oui, c'est vrai, il m'a fallu fendre une armure pour dire tout ce que j'ai vécu avec ce double drame. Nullement par narcissisme ou je ne sais quel exhibitionnisme déplacé. Mais parce que mon ambition est de mettre sur la table un sujet difficile. Pour tenter, humblement, de faire bouger les choses. Et si on en parlait, à haute voix ?

Il suffit que j'évoque la mort de mes parents pour qu'immédiatement la personne à laquelle je m'adresse me raconte son expérience du deuil, de l'absence.

Un frère, un oncle, une mère, une sœur, un meilleur ami.

Nous sommes tous confrontés à ces disparitions. Et condamnés à la boucler pour ne pas déranger.

Le premier, je n'ose pas parler à mes proches de ce qu'ils endurent après la mort d'un des leurs. Alors qu'en abordant le sujet, je sais que j'ouvre une porte. Et que derrière cette porte, il y a tant d'émotions et de mots.

Pour ma part, je sais que mon deuil impossible tient en grande partie à la relation que j'entretenais avec mes parents. Nous nous aimions follement, éperdument. Souvent sans se le dire. Mais ce quatuor familial que nous formions, eux deux, ma sœur et moi, semblait indestructible.

Quand mon père est parti, si tôt, je me suis accroché à ma mère, comme à un rocher. Et quand elle-même nous a quittés, si brutalement, j'ai senti le sol se dérober. Il a pourtant fallu se relever, tout de suite, remonter sur le cheval et continuer à vivre.

Freud a inventé une expression : le « travail » de deuil. Oui, j'ai le sentiment de « travailler » mon deuil tous les jours depuis que mes parents ne sont plus là.

Tiens, rien que ces deux mots « plus là ». Pour ne pas écrire « plus vivants » ou de nouveau « morts » ? Je ne sais pas. Sans doute. Je vais poursuivre ce « travail » avec ce livre. Et si une personne, une seule, se reconnaît en lisant ces lignes, se sent soulagée ou juste accompagnée, moins isolée dans sa souffrance, alors ce texte aura trouvé sa raison d'être.

Mercédès

Elle est en retard.

Forcément, elle est toujours en retard, ça doit être génétique, moi aussi j'arrive partout au dernier moment et souvent après l'heure, sauf à l'antenne, et encore... Mais elle vient de trouver une bonne place de stationnement. À cent mètres à peine de son lieu de rendez-vous.

Je l'imagine pressée, cherchant ses lunettes – ma mère est myope, encore une « qualité » qu'elle m'a transmise –, se dépêchant pour récupérer ses affaires dans le coffre, puis fermer sa voiture. Ou oublier de le faire, ce qui est courant chez elle.

L'amie qui l'accompagne, Soraya, lui pose des questions sur ce panel qu'elles vont interroger, dans le cadre d'une étude d'opinion pour un institut de sondage. Ma mère est enquêtrice, et a décidé de repousser l'âge de sa retraite bien au-delà du raisonnable, puisqu'elle dépasse déjà allégrement les soixante-dix balais.

Elles plaisantent comme deux copines heureuses de se retrouver. « Il est beau ce manteau rouge », s'exclame ma mère, en touchant le tissu de la veste de Soraya.

Elles descendent la rue Dombasle, à quelques mètres de la place de la Convention, dans le quinzième arrondissement, elles passent devant un magasin de vêtements pour femmes. A-t-elle le temps de jeter un œil à la vitrine, machinalement ?

Sans rien dire, elle vient de stopper sa marche. Elle pose les deux mains sur sa poitrine, regarde Soraya, sourit sans un mot. À cet instant, qui semble figé, elle lâche ses clés.

Dans un film, on verrait le trousseau tomber au ralenti.

Son sac lui échappe des mains. Ne pouvant plus supporter son corps, elle s'assoit par terre, sur le trottoir. Toujours sans se plaindre, ni donner d'explication. Je suis sûr qu'à cet instant elle sait. Elle sait que c'est terminé.

Pourquoi en suis-je si certain ?

Le lien qui nous unit est si fort que nous savons toujours ce que l'autre ressent. Sans avoir besoin de l'exprimer. Ce que je crois aussi, c'est que jusqu'à la fin de ma vie je regretterai de ne pas avoir été à ses côtés à cet instant précis, où elle s'est arrêtée comme si une lame l'avait transpercée.

Combien de temps reste-t-elle lucide ? Quelques secondes, à peine. Que se passe-t-il dans son corps et dans son esprit ? Que ressent-elle ? Voit-elle une lumière, comme le racontent ceux qui ont tutoyé la mort ?

Ce lundi, Paris profite des derniers rayons d'un automne assez doux. Les passants sont nombreux, qui vont travailler, qui se promènent. Une femme, alertée par les cris de Soraya, intervient et installe ma mère en position latérale de sécurité. Elle respire de plus en plus fort, comme si elle cherchait son souffle. Puis, c'est une sorte de ronflement qui sort de sa bouche et de son nez. « Comme si son âme voulait quitter son corps », me confiera plus tard Soraya.

Plusieurs personnes présentes sur les lieux appellent les pompiers. Il est 14 h 10. Ma mère est maintenant étendue sur l'asphalte. Inconsciente.

Je dors.

C'est un rituel, une routine. Depuis mes années de journaliste matinalier à la radio et à la télévision qui faisaient de moi un noctambule, je m'octroie le plaisir de la sieste quotidienne, en début d'après-midi.

Même si je n'ai plus à subir ces horaires inhumains, j'éprouve le besoin de me reposer, surtout après avoir présenté trois heures d'émission en direct sur BFMTV, la chaîne d'information en continu.

C'est mon fils qui vient me réveiller.

« Tatie vient d'appeler, il faut que tu rappelles grand-mère. »

Sortant de mon sommeil profond, je ne comprends rien, mais mon téléphone sonne au même moment.

C'est ma sœur : « Écoute, je ne sais pas ce qui se passe mais apparemment maman a fait un malaise dans la rue. »

Je réponds à peine.

« C'est près de Convention, tu peux y aller ? »

Dans le brouillard, habitué aussi aux petits soucis de ma mère qui deviennent souvent des alertes nationales, je ne m'inquiète pas plus que ça.

Souvent elle me fait penser à Marthe Villalonga, l'inoubliable mère juive de Guy Bedos dans *Un éléphant ça trompe énormément*, le film d'Yves Robert, et à cette scène hilarante où elle engueule son fils : « J'ai un éblouissement en pleine Samaritaine, j'appelle mon fils, il raccroche au nez de sa mère. »

Je me mets doucement en route, après m'être changé, et brossé les dents. C'est dire si je n'ai pas senti l'urgence, ni compris la gravité de la situation.

Le téléphone sonne à nouveau, cinq minutes plus tard, quand je monte dans ma voiture :

« Elle a fait un arrêt cardiaque. »

Ma sœur hurle, entre deux sanglots. Soraya vient de la contacter. Ce n'est pas du tout un éblouissement à la Samaritaine. C'est très grave.

Je pars sur les chapeaux de roues mais, soudain, le quinzième arrondissement me semble le bout du monde. Les feux rouges durent une éternité, je vis les quinze plus longues minutes de ma vie.

Mon fils, qui, lui, a compris très vite ce qui se passait, me suit avec sa voiture sans permis.

J'allume la radio, pour essayer de ne pas penser au pire. De la musique. Mes stations programmées. Voilà, c'est ça, pour rester aussi calme que possible. Mais les pensées les plus dramatiques me rattrapent...

J'arrive enfin mais ce n'est pas la bonne adresse. Ma sœur m'a indiqué le nom de l'hôtel où ma mère se rendait, mais qu'elle n'aura jamais atteint.

Impossible de se garer devant l'établissement, à cause d'une de ces « coronapistes », les voies désormais dédiées en nombre aux cyclistes parisiens.

Tant pis, je laisse ma voiture, à cheval sur le trottoir et la voie de vélos. Je déboule dans le hall et demande en hurlant où est la personne qui a fait un malaise. La réceptionniste ne comprend rien, et pour cause. Moi-même, je me demande si tout ça n'est qu'une erreur, un malentendu, mais je n'ai pas le temps de réfléchir.

Je ressors aussi sec.

Mon fils est allé un peu plus loin, à une centaine de mètres. « Papa, viens c'est là », me crie-t-il.

Je cours et découvre une scène de guerre. Des camions de pompiers, du SAMU. La rue est totalement bloquée. Il y a des gens autour, affolés.

Nous nous approchons et là, sous nos yeux, une douzaine de secouristes et de médecins affairés autour d'une femme de soixante-treize ans, qui a encore les yeux ouverts, mais semble déjà très loin.

Les pompiers ont noté son état civil : Mercédès Toussaint, née Ramos Matias, le 4 août 1948, à Périgueux (Dordogne). Ils me demandent de confirmer. C'est bien ça évidemment, même si j'ai toujours du mal à voir son vrai prénom écrit.

Je me souviens, enfant, des moqueries à l'école : « Ta mère a un nom de voiture ! » C'est pourtant très répandu en Espagne. C'est un dérivé de Marie. Et c'est naturellement que mes grands-parents, andalou pour l'un, catalane pour l'autre, réfugiés en France en 1936 après la prise de pouvoir de Franco, ont choisi ce prénom. Le jour de son baptême, la marraine a une intuition :

« Ça va pas être simple, Mercedes, je propose de lui donner comme deuxième prénom quelque chose de plus courant, de plus français. Annie. » Bien vu.

Ma mère va souffrir de ce prénom différent durant toute son enfance, à la campagne, où les filles s'appellent Nicole, Françoise ou Christiane. À quatre ans, quand elle entre à l'école communale, elle ne parle pas français. Elle est « l'estrangère », avec un nom bizarre. Elle traînera ce boulet jusqu'à la fin de l'adolescence.

À dix-huit ans, en 1966, elle n'est pas encore majeure mais elle monte à Paris et laisse dans le Périgord ce prénom embarrassant. Dans la capitale, elle s'appellera Annie, et se sent désormais plus à l'aise avec les filles et les garçons des sixties.

Beaucoup plus tard, lorsqu'elle revendiquera ses racines ibériques, elle renouera avec Mercedes. Elle trouvera même ça plus chic qu'Annie.

Pour être honnête, c'était variable. Ça dépendait du temps, et des saisons. C'était compliqué à suivre ! Mais je n'ai jamais entendu mon père l'appeler Mercédès.

Les massages cardiaques s'enchaînent.

La scène qui se joue sous mes yeux est insoutenable. Malgré le professionnalisme des sauveteurs, j'ai le sentiment qu'ils vont lui casser une côte à chaque pression sur le thorax.

Le médecin du SAMU nous explique la situation. Arrêt cardio-respiratoire. Pas d'autre trouble. Ni de blessure. Je sens qu'il en dit le minimum. Ils tentent de la réanimer depuis plus de quinze minutes.

Je scrute un appareil qui semble être un moniteur, mais je ne comprends rien. Je me surprends à penser que je n'ai pas assez regardé *Urgences* ou *Grey's Anatomy*. Ça m'aurait aidé. Et dans ce chaos, je suis effaré qu'on lui ait retiré son corsage. La voilà dépoitraillée, sur un trottoir. Maman...

Je rappelle ma sœur, qui vit dans le Sud, à plus de huit cents kilomètres de la capitale.

Je lui explique ce qui se déroule devant nous, et qui semble déjà désespéré.

Les médecins nous demandent de nous éloigner, pour ne pas les gêner.

Je prends mon fils dans mes bras.

Il a dix-sept ans, ce grand échalas, et il est confronté pour la première fois de sa vie à une vision d'horreur. La mort est là, elle ne rôde même pas, elle a surgi dans cette petite rue. Elle nous nargue. Les minutes passent, et chaque instant nous rapproche de la fin. Un paravent a finalement été installé pour protéger ma mère et cacher le travail des secouristes. Je suis sidéré que les massages durent aussi longtemps. Déjà plus d'une demi-heure.

« C'est la procédure », me répond le médecin-chef.

Mon téléphone sonne à nouveau : ma femme et ma fille sont en route.

Soraya, que je ne connais pas, bouleversée elle aussi, est à nos côtés. Je vois qu'il ne se passe rien. Que ma mère ne revient pas.

Je m'approche de nouveau, malgré les consignes du SAMU.

J'ai envie de lui prendre la main mais je ne peux pas, cela gênerait la réanimation.

Alors, je tente de lui parler :

« Maman ? Est-ce que tu m'entends ? »

Une fois, deux fois, dix fois, je répète ces mots. Pour chercher un signe, une preuve de vie. Son regard reste vide et ses grands yeux cernés de noir, puisqu'elle ne sortait jamais de chez elle sans une longue séance de maquillage, semblent perdus. À jamais.

« Monsieur Toussaint ?

– Oui.

– Cela fait plus de quarante-cinq minutes que nous essayons, et nous n'avons obtenu aucun résultat. Je suis au regret de vous annoncer que votre mère est décédée. »

Il est 15 heures, le lundi 18 octobre 2021. Voilà, c'est fini.

Il m'est difficile de restituer ce que nous avons ressenti à cet instant. Mon fils se met à pleurer, comme un tout petit enfant, j'essaye tant bien que mal de le consoler.

Moi je ne pleure pas. Jamais. Je ne sais pas pourquoi, je n'ai pas de larmes. Bizarrement, je ne pleure que lorsque je suis très heureux et ému. Et encore c'est limité. Est-ce de la pudeur ? Ou ai-je un cœur de pierre, comme me le dit souvent ma femme, non sans humour ?

Ce qui est certain, c'est que j'éprouve une immense tristesse. Comme si chacun de mes membres, chaque partie de mon corps était subitement empoisonné, j'ai mal partout.

Mais c'est l'incompréhension qui domine. Cela n'a aucun sens. Comment peut-on s'effondrer en un éclair ? Passer en une seconde de vie à trépas, au milieu de ce tumulte, au milieu de nulle part ?

Ma mère adorée, à qui je parlais tous les jours, qui discutait encore avec ma sœur huit minutes (huit minutes !) avant d'être terrassée, cette femme dynamique, certes marquée par les épreuves, qui gît, là, sur le trottoir. Je ne l'accepte pas.

Le médecin qui a pratiqué pendant trois quarts d'heure le massage cardiaque est sans voix.

« Nos machines ont évolué, nos techniques aussi, maintenant, dans la plupart des cas, on arrive à faire repartir le cœur, là, c'était dead. »

Dead, en anglais. Tiens, c'est comme si à lui aussi le mot « mort » faisait quelque chose…

Une attaque massive, voilà ce qu'on me donne comme explication. Patrick Pelloux, l'urgentiste célèbre depuis la canicule de 2003, a la gentillesse de m'appeler le lendemain. On se connaît depuis de nombreuses années et j'ai un immense respect pour lui. Il a discuté avec ses collègues qui ont tenté de sauver ma mère. Il me confirme la brutalité de l'infarctus. Elle n'avait aucune chance de s'en sortir. Pourtant, durant ces longues minutes où nous attendions, j'ai cru au miracle. Comme dans ces films où, à la dernière seconde, le cœur repart. J'y ai cru sincèrement. Mais à quel prix serait-elle revenue ? Récemment, ma sœur me racontait l'histoire d'un de ses amis pompier, frappé par une attaque cardiaque pendant une intervention sur un incendie. Un homme d'une soixantaine d'années, secouru puis réanimé, alors que son cœur avait cessé de battre. Et qui, en reprenant conscience et reconnaissant son sauveur, un collègue, lui avait dit : « Pourquoi ne m'as-tu pas laissé partir ? »

Ma mère, elle, n'est pas revenue nous sermonner.

Dès lors, comme pour me réconforter, j'entendrais pendant des semaines des amis, des collègues, prononcer cette petite phrase : « Heureusement, elle n'a pas souffert. » Comme si l'absence de douleur, que personne ne peut confirmer par ailleurs, devait nous soulager, nous, ses enfants, ses petits-enfants, sa famille, ses amis. Mais si, elle a souffert ! Même si cela n'a duré que quelques minutes. Comment ne pas souffrir quand son corps est brisé, anéanti, par une telle attaque ?

J'ai envie de répondre à ceux qui veulent me consoler en criant : « Mais qu'est-ce que ça change, après tout ? »

Rien n'apaisera notre peine. Même pas le fait qu'elle n'ait peut-être pas souffert, ou pas longtemps. Oserai-je même dire que c'est pire ? Oui, pire. Pour celui ou celle qui part, ne vaut-il pas mieux comprendre que la fin est imminente, que l'on dit adieu à ce monde ? La réponse à la question est trop personnelle pour essayer d'en tirer une généralité.

Pour ceux qui restent, j'ai en revanche une conviction : rien ne nous aura préparés à cette brutalité. Et c'est même cette soudaineté qui déclenchera chez moi de la colère. Une colère froide contre le destin, puisqu'il n'y a pas de coupable dans ce drame. Pourquoi elle ? Pourquoi nous ? Qu'avons-nous fait pour mériter cela ? Il nous restait tant de moments à vivre ensemble. Tant de joies.

Je sais bien que perdre sa mère, son père est presque inévitable. Qu'il faut s'y préparer. La belle affaire…

Quand on voit sa maman crever dans la rue, on ne ressent que de l'injustice et de la rage.

Deux sentiments qui persisteront de longues semaines, chez moi.

Nous sommes là hébétés, les bras ballants, au milieu de la rue.

Les pompiers et les médecins du SAMU commencent à remballer leur matériel.

Et nous ? Qui s'occupe de nous ?

À cet instant, nous sommes de grands brûlés, des victimes, traumatisées. Mais il n'y a personne pour nous soigner.

Voilà comment commence le deuil. Dans une solitude extrême. Un abandon.

Je n'en veux à personne. Les secouristes ont eu des mots très gentils. Mais ils ne sont pas là pour nous. Ils ont fini leur job.

Il faudrait créer une cellule psychologique à chaque fois que quelqu'un décède ? Pour ceux qui étaient présents sur les lieux ? Pourquoi pas...

Récemment, j'ai vu, dans une série américaine *The Staircase* avec Colin Firth, l'arrivée d'un « conseiller funéraire » sur une scène de crime. Au milieu des policiers scientifiques et des secouristes, une personne est chargée d'accompagner la famille de la victime pour commencer le travail de deuil et initier les premières démarches, quelques heures seulement après le drame. La scène se passe en Californie. C'est visiblement la police qui propose ce service.

Chez nous, pas de numéro vert, pas d'assistance. Votre vie vient de s'écrouler. Personne ne s'occupe de vous.

La première personne que j'appelle est la directrice de la rédaction de BFMTV, mon amie Céline Pigalle.

Je bredouille quelques mots puis réussis à donner l'information : « Je voulais te prévenir que ma mère est morte. »

Prononcer ces mots et m'entendre le faire est un nouveau choc. Tout cela était encore virtuel, avant de le dire. Comme ces décès que nous apprenons dans la coulisse des médias et que nous n'annonçons pas à l'antenne avant d'avoir réussi à les confirmer auprès de proches ou de sources autorisées.

Le soutien que je reçois de Céline est précieux. Elle trouve des termes justes et simples pour m'apporter un premier réconfort qui me touche au cœur. Tout comme celui de mes patrons qui m'écrivent dans la minute. Car, même dans ce moment si personnel et intime, mon boulot me rattrape. Je n'exerce pas un métier ordinaire. Il demande une disponibilité et un engagement permanents. Se mettre en retrait n'est donc pas une évidence, certains choisissent même de rester à l'antenne, malgré un deuil.

Pour ma part, je souhaite m'arrêter quelques jours afin d'organiser les obsèques de ma mère. Mais je sais aussi que le retour à BFM suivra rapidement. C'est un devoir, et une nécessité.

Cinq minutes ne se sont pas écoulées qu'une dame très gentille, qui m'a reconnu – nous sommes toujours rue Dombasle, même si je me suis éloigné pour téléphoner – me demande de poser avec elle pour un selfie.

C'est mon quotidien. La télévision crée une proximité avec les gens. Je regarde cette femme. Je voudrais lui dire : Non ce n'est pas possible, pas comme ça, avec le corps de ma mère à vingt mètres.

Je sais bien qu'elle n'est au courant de rien, qu'il n'y a aucune sinistre morbidité dans sa demande. Au contraire. Et puis, je n'ai pas envie de dire à cette inconnue que maman est morte. Ça ne la regarde pas. Alors, va pour le selfie. L'affaire est pliée en dix secondes.

Je ne m'en plaindrai jamais, ce serait indécent, vulgaire même, mais il y a des moments intimes où je me passerais bien de cette « renommée ».

Ma femme Catherine et ma fille Lola arrivent. Quelques minutes se sont écoulées depuis l'annonce du décès. Je dois à mon tour leur faire connaître la terrible nouvelle. Je bredouille quelques mots. « C'est fini... » Elles comprennent instantanément.

Ma fille se met à hurler. « Ma grand-mère, ma grand-mère ! » On ne parvient pas à la calmer. Elle déambule comme un pantin désarticulé. C'est un cauchemar qui s'ajoute au cauchemar. Je sais les liens qui existent entre elles. Ma mère avait cinquante et un ans quand Lola est née, elle s'est toujours occupée d'elle.

Je vois la douleur déformer le visage de ma fille. Son corps ne peut supporter cette souffrance. Elle s'écroule. Là, par terre. À quelques mètres du corps de sa grand-mère. C'est un spectacle épouvantable. Une preuve de plus que tout cela est bien réel.

Les pompiers et les médecins du SAMU rangent leur matériel. Mais personne ne s'occupe du corps de ma mère, toujours étendu sur le trottoir. J'attends quelques instants et, comme il ne se passe rien, j'interpelle un des secouristes.

« Pourquoi ne mettez-vous pas ma mère dans le camion ? Pour l'emmener à l'hôpital ou je ne sais où ? » Réponse : « Nous n'en avons pas le droit. »

Tout me semblait déjà surréaliste dans ce que nous vivions, mais là j'ai la sensation que l'on bascule dans le n'importe quoi.

« Qu'est-ce que vous racontez ? »

Le pompier m'explique qu'en cas de décès sur la voie publique, le procureur de la République doit mener une enquête pour vérifier les circonstances de la mort. Donc, poursuit-il, la police doit venir et investiguer.

« Et elle vient quand, la police ?

– Ça, on n'en sait rien. »

Après quarante-cinq minutes de massage cardiaque infructueux, le cadavre de ma mère reste là, sur le bitume parisien, entouré d'un paravent de fortune, avec à cinq mètres ma femme et mes enfants en larmes, et des badauds qui se demandent ce que « le grand mec barbu de BFM » peut bien faire dans cette tempête. Sans hausser le ton, mais avec fermeté, je dis au pompier que ça ne sera pas possible.

« Si dans cinq minutes le corps de ma mère est encore là, c'est moi qui la mets dans ma voiture et qui l'emmène à la morgue. C'est inhumain de nous faire subir cela. »

Je dois confier ici que ma notoriété, embarrassante tantôt, me sauve probablement, puisque cinq minutes plus tard, à peine, la police du quinzième arrondissement arrive sur les lieux.

J'ai toujours le sentiment que ce que je vis est irréel. Je vais finir par me réveiller et mettre un terme à ce rêve atroce. Tout cela n'a aucun sens.

Me reviennent en mémoire mes derniers moments avec ma mère.

Malgré deux opérations du genou, je la revois gambader, une semaine plus tôt, sans aucune difficulté, dans les rayons du magasin d'alimentation réservé aux professionnels dont elle a une carte de membre (l'accès est interdit au public), obtenue grâce à je ne sais quel service rendu à une de ses connaissances.

Ma mère c'est – il va tout de même falloir que je commence à écrire à l'imparfait, non ? Ma mère, c'était, donc, « Huggy les bons tuyaux », l'ami de Starsky et Hutch, qui leur débrouillait tous les coups.

Un rendez-vous en urgence à dénicher chez un médecin ? Elle s'en occupait. Une ristourne à négocier chez un commerçant ? Elle l'obtenait. Il aurait fallu qu'elle soit mourante pour qu'elle ne trouvât pas une solution au problème qu'on lui soumettait. Comme dans la pub SNCF, parodiée par les Nuls : avec elle « c'est possible » !

Donc, naturellement, quand je lui avais dit que j'avais besoin d'acheter de quoi rafraîchir une soixantaine de convives pour une soirée d'anniversaire, elle m'avait accompagné chez Metro.

« Prends du champagne ! Il est pas cher. » Ma mère marchandait. Partout. Tout le temps. Même dans un supermarché !

« Monsieur, si on vous en prend six bouteilles, vous nous faites quelque chose ?

– Mais maman, arrête, il y a des prix affichés ! Enfin, on n'est pas au marché de Rouffignac », le minuscule village du Périgord où ma mère vivait, enfant.

Aucune radinerie chez elle. Elle était plutôt cigale que fourmi. Mais elle ne pouvait pas s'empêcher d'essayer de faire une affaire.

Le caddie était bien rempli.

Il fallait maintenant passer à la caisse. C'est là que les choses s'étaient compliquées. La carte de membre que ma mère prétendait posséder, dans ce magasin réservé aux professionnels, n'était pas valide. L'avait-elle seulement été ?

Une responsable était intervenue. Ma mère s'était indignée avec une mauvaise foi extraordinaire.

« Enfin, comment pouvez-vous imaginer que nous ne sommes pas membres actifs ? » L'altercation avait duré quelques minutes.

Je me voyais déjà décharger mon chariot plein à craquer, quand la responsable était revenue en s'excusant platement. Ma mère jubilait ! Nous quittâmes le magasin, presque en courant, et en riant comme des gosses fiers de leur bêtise. Il ne lui restait que quatre petits jours à vivre.

Ma mère est toujours allongée à terre. Je devrais écrire « le corps de ma mère », je le sais bien, mais c'est plus fort que moi, je ne m'y résous pas.

J'enrage de devoir la laisser comme ça sur le trottoir, mais les policiers se montrent prévenants. Je ne suis pas dupe, ils m'ont reconnu, et me le font savoir tout de suite. Je ne suis plus un anonyme depuis longtemps.

Ils nous proposent de nous éloigner quelques minutes afin qu'ils puissent suivre leurs procédures, et embarquer le corps.

Nous nous retrouvons, ma femme, mes enfants et moi, à la terrasse d'un café place de la Convention, ce qui ne nous arrive jamais, en plein après-midi. Ils pleurent et rient d'un rien, nos nerfs à tous ont lâché depuis longtemps. Mon téléphone bipe : c'est une alerte du journal *L'Équipe* : Neymar, l'attaquant du PSG, est forfait pour le match de Ligue des Champions le lendemain contre Leipzig, à cause d'une blessure.

« C'est vraiment une journée de merde ! » dis-je en montrant mon portable à mon fils, qui partage avec moi l'amour du foot et du Paris-Saint-Germain. Il sourit entre deux larmes.

Je rappelle ma sœur qui a suivi les événements à distance, depuis le Var. Elle m'annonce qu'elle va venir dès le lendemain à Paris. Je suis heureux de l'avoir bientôt à mes côtés.

Les policiers sont à pied d'œuvre. Ils ont le bon goût de nous épargner la scène du transport du corps.

Ils viennent à la terrasse nous annoncer que leur travail est achevé. L'« enquête » est terminée. Il n'y aura évidemment pas de suite judiciaire.

« Où est ma mère ?

– À la morgue », répond l'un des agents.

Nous quittons les lieux.

La rue Dombasle est de nouveau ouverte.

Ma mère s'est comme envolée.

J'ai droit à un nouveau selfie avec une dame qui passe par là et me dit qu'elle me regarde à la télévision tous les matins.

Je ne cherche pas à l'éviter, j'essaie juste que cela se fasse rapidement.

Je remonte dans ma voiture. Je suis groggy.

Mes enfants sont repartis de leur côté, pour retrouver leurs amis, qui vont continuer de les réconforter. Ma femme me suit avec la voiture de ma mère qu'il faut bien déplacer.

Quelques jours plus tard, nous recevrons un PV de stationnement pour dépassement d'horaire. Je me demande comment cette contravention a pu être établie, alors que la rue était bloquée. Sur le coup, ça me met en colère, je me jure de contester l'amende.

Et puis… avec le temps, tout cela devient dérisoire. Comme si le cours de la vie finissait toujours par nous rattraper.

Le jour d'après.

Je me réveille tôt. Il me faut plusieurs longues secondes pour me souvenir de ce qui s'est passé la veille. Comme si tout cela n'avait été qu'un cauchemar. J'ai reçu dans la nuit des SMS d'amis proches me faisant part de leur émotion.

J'envisage de rédiger un tweet pour rendre hommage aux services de secours et de police qui sont intervenus. Puisque la notoriété ne me lâche pas, autant l'utiliser de manière positive, pour faire preuve de gratitude à l'égard de tous ceux qui nous ont accompagnés dans ce moment affreux. Avec quelques heures de recul, et une fois passée la sidération, j'ai pu mesurer leur sollicitude et leur travail exceptionnel.

Mais j'hésite, car je connais les codes des réseaux sociaux. On risque de ne retenir que la mort de ma mère, alors que je souhaite avant tout écrire un message de remerciements.

J'efface plusieurs brouillons, et j'opte finalement pour ce texte court :

« MERCI @pompiersParis @samudeparis et la police du 15e @prefpolice qui sont intervenus hier très vite pour tenter de ranimer ma maman, victime d'un infarctus en pleine rue. En vain... Votre bienveillance et votre professionnalisme m'ont fait chaud au cœur dans cette épreuve. »

Il est 8 h 07, après un temps de réflexion, je décide de tweeter.

Je suis suivi par plus de 330 000 abonnés. Je ne fais jamais ce genre de choses, notamment pour éviter de croiser les haters qui n'ont qu'un objectif, pourrir les gens connus, quels que soient les messages qu'ils envoient sur le réseau. C'est incroyable. Ce message va être lu, à la faveur des retweets et des likes, par plus d'un million d'internautes. Moi qui voulais éviter le buzz, je suis servi !

Près de deux mille personnes répondent à mon tweet et m'écrivent un mot de soutien. Je comprends à nouveau, cinq ans après la mort de mon père, que la perte d'un parent suscite une immense compassion.

Car je décèle dans la plupart des messages qui me sont adressés, au-delà de la gentillesse, soit une douleur ravivée, soit une crainte d'être confronté à tout moment à cet événement.

La presse people s'en mêle. *Gala*, *Voici*, *Closer* mais aussi les magazines télé reprennent mon tweet, comme si la mort de ma mère était une information d'intérêt général. Ce qui les intéresse, c'est de titrer sur le drame que je viens de vivre. Pour faire du clic à leur tour. Malheureusement c'est la règle du jeu. Je la connais. Et je savais que cela arriverait en rendant ma reconnaissance publique.

De très nombreuses personnalités du monde des médias, de la politique, des artistes m'adressent dans les heures qui suivent leurs condoléances. Mes amis, bien sûr, sont également prévenus par ce tweet, et les amis de mes amis, et tous ceux que j'ai pu croiser depuis que je fais ce métier. Parmi eux, Marine, une consœur que je connais depuis longtemps, m'envoie un texto, je le lis rapidement car je suis occupé à cet instant.

Mais dans la soirée, en remontant le fil de mes messages, je suis intrigué car ce n'est pas un numéro enregistré, or j'ai le contact de Marine depuis longtemps. Je relis, et j'ai un doute. Et si c'était une autre Marine ?

J'appelle un de mes copains, Benjamin Duhamel, journaliste politique à BFM, qui suit le Rassemblement national. Il me confirme alors que ce numéro est celui de Marine Le Pen. Je suis stupéfait.

Bien sûr, je l'ai interviewée des dizaines de fois, mais je n'ai jamais eu le moindre échange privé avec elle. Et je ne fais pas non plus partie de ces journalistes qui doivent déjeuner régulièrement avec des politiques. Je lui réponds en lui disant que je suis touché par son sms.

Quelques mois plus tard, entre les deux tours de la présidentielle, comme si j'avais besoin d'en avoir le cœur net, je la remercie à nouveau, à l'issue d'une longue interview réalisée pour BFM. Elle me confie alors que c'est l'une des grandes angoisses de sa vie : apprendre la mort de ses parents, même si chacun sait que ses relations avec son père sont loin d'être simples.

À l'autre bout de l'échiquier politique, Jean-Luc Mélenchon m'écrit aussi un petit mot, sur une messagerie instantanée. Les réactions à la mort et la compassion n'ont pas de couleur politique.

Roselyne Bachelot, alors ministre de la Culture, me bouleverse avec des phrases d'une gentillesse et d'une justesse remarquables : « Petits déjà, quand notre maman a lâché notre main pour cette première journée d'école, nos yeux étaient pleins de larmes, comme si nous avions le pressentiment de cette déchirure. Maintenant, elle te suivra "de l'autre côté du chemin", pour reprendre les mots de Péguy. » La sincérité de ces messages de politiques n'est pas un sujet. Le cynisme de nos milieux n'est pas à l'ordre du jour. Ces sms sont là, ils me font du bien. Je n'y vois rien d'autre que du réconfort.

J'ai aussi la chair de poule en lisant le texto de Marc Lavoine, un artiste que j'admire et que j'ai eu la chance de rencontrer quelques fois : « Je suis passé par ce chagrin, ce que tu vis n'est pas simple, j'ai pensé que je pouvais t'écrire. » Et il ajoute : « Je ne connais de tes parents que ce que je sais de toi, alors j'imagine qu'ils étaient merveilleux, et qu'ils ont été heureux avec toi. »

Au milieu de ce torrent d'émotion, un sms me fait sourire.

Une personnalité politique de premier plan me fait savoir qu'elle a lu mon tweet (trop vite probablement) et souhaite un prompt rétablissement à ma maman.

Je ne lui en veux pas un instant, c'est quelqu'un de fort aimable. Mais je ne sais pas quoi lui répondre ! « Ah non, elle est morte » ? Impossible pour moi de balancer un truc pareil. Alors je m'abstiens de toute réponse. Mais je ris tout seul en relisant ce message invraisemblable. Une fois encore, la comédie de la vie vient percuter ma peine.

Je n'aime pas le shopping. C'est une activité qui m'ennuie profondément. Alors, quand je pousse, seul, la porte d'un magasin de pompes funèbres, je respire un grand coup, car je sais que je vais passer un moment pénible.

Le commercial des Granits Floury (Montlhéry, 91), qui me reçoit très aimablement, comprend que je n'ai pas l'intention de m'attarder. Il m'explique le principe de la « presta ». C'est ainsi qu'il présente l'ensemble des services proposés pour les obsèques : un forfait tout compris. J'écoute à peine. Assez vite, je choisis un modèle de cercueil.

La veille, ma sœur m'a appris que ma mère voulait être incinérée. Je suis surpris car j'avais le sentiment qu'elle ne m'en avait jamais parlé. Ou bien ai-je oublié cette conversation ? Ce ne serait pas étonnant, puisque j'ai toujours fui ce qui a un rapport avec la mort. Ce sera donc un cercueil spécial crémation. C'est moins cher.

Car, m'explique le vendeur, il est moins épais. Aucun détail ne me sera épargné.

J'opte pour le « Plazac ». C'est le nom qui me plaît, il me rappelle une commune limitrophe de Rouffignac, en Dordogne, où la famille de ma mère était installée, et où je passais mes vacances, enfant. Un cercueil en pin, avec cuvette étanche et capiton blanc. Le devis comporte aussi vingt-cinq cartes de remerciements, que je n'enverrai jamais. Et bien sûr, tout ce qui concerne l'organisation des obsèques, avec maître de cérémonie ainsi que quatre porteurs, payés chacun 137,50 euros.

Le moment est surréaliste. Je me demande soudain si le tarif des porteurs est proportionnel au poids du défunt ou de la défunte.

Je quitte la boutique avec le sentiment du triste devoir accompli.

Pour beaucoup de mes proches, la mort de ma mère est d'autant plus douloureuse qu'elle intervient trente-six heures après de magnifiques retrouvailles.

Le samedi soir précédant le drame, j'ai réuni près de quatre-vingts personnes chez moi, pour fêter mes quarante-huit ans. Une grande fête après deux ans de Covid et de restrictions.

Et ce soir-là, comme pour rattraper de longs mois d'abstinence, mes amis ont mis le feu. Ambiance de folie, chants, danse, jusqu'au bout de la nuit, dans un climat d'insouciance et de légèreté. Le matin même, j'avais hésité à inviter ma mère. Après tout, elle connaissait tous mes copains. Elle n'aurait pas déparé. Mais je n'avais pas envie qu'elle rentre chez elle seule en voiture, en pleine nuit. Si elle était venue, je lui aurais offert ce dernier moment de fête et d'allégresse. Mais avec des si…

Je m'en voudrai longtemps.

Je ne lui ai pas parlé le jour de sa mort.

Ma mère pouvait passer des heures au téléphone, comme moi. On s'appelait quasiment tous les jours. Souvent à la mi-journée, quand je sortais du bureau.

Dans les semaines qui suivent son incinération, j'ai encore souvent le réflexe de décrocher mon portable et d'appuyer sur la touche « Mam's ». avant de me rendre compte qu'elle ne me répondra plus. Ces quelques secondes d'absence sont ignobles. Chaque fois.

J'ai réellement envie de lui parler, de lui raconter les petits tracas de l'existence. Je comprends après sa mort qu'elle est la seule à qui je parlais de choses futiles comme la météo, la bouffe, et puis des sujets plus sensibles comme l'argent, la santé, l'actualité, et les enfants bien sûr.

Ces coups de fil me manquent. Je me surprends régulièrement à me dire que je voudrais lui parler, lui demander conseil, de me rassurer aussi.

Sa voix me manque.

D'autant qu'elle l'avait perdue, un peu moins d'un an avant sa disparition. Une banale opération de la thyroïde avait révélé un cancer rare, hématologique. Qui s'était attaqué à ses cordes vocales. Depuis, elle chuchotait.

En septembre 2021, nous avions pris rendez-vous avec un spécialiste de la voix, qui nous avait reçus très chaleureusement. En entrant dans son cabinet, nous avions été surpris par la présence aux murs de dizaines de disques d'or, dédicacés par les plus grandes stars : Céline Dion, Charles Aznavour, entre autres. Ce médecin avait soigné les interprètes les plus célèbres, il devait maintenant s'occuper de ma mère.

L'opération était prévue courant novembre. Elle n'aura jamais lieu.

Ce rendez-vous obtenu très facilement avec un des plus grands spécialistes au monde, c'était bien sûr grâce à ma « notoriété ». C'est toujours étrange pour moi d'en parler car, de mon point de vue, seules les stars, les vraies, méritent de tels privilèges.

Je ne suis pas Tom Cruise. Ni Jean Dujardin. Mais cela fait plus de vingt ans que je suis à l'antenne tous les jours. Canal+, Europe 1, iTélé, France 2, France 5, France Info, BFM. Cela crée des liens. La puissance d'une chaîne très populaire comme BFMTV se vérifie tous les jours. Mais je n'en tire aucun plaisir particulier. Cela n'a jamais été un moteur pour moi. Je suis même plutôt gêné.

Je vérifie simplement que mes émissions sont très suivies. Et il y a toujours une grande bienveillance à mon égard.

Je note aussi que dans 90 % des cas les gens m'appellent « Bruce » et souvent me tutoient. Ce qui est plutôt sympathique.

Mais demandez à mes enfants s'ils trouvent cool d'avoir un père « célèbre » ! Ça les rend fous. Ils ne supportent pas d'être interrompus par des chasseurs de selfies.

Ou des téléspectateurs assidus qui veulent taper la causette. Avec le gars qui les accompagne tout au long de la matinée. C'est l'incroyable force de la télévision et de la radio. J'ai fini par m'y faire.

J'ajoute que cette proximité n'est pas toujours synonyme de gentillesse. « Grâce » aux réseaux sociaux, tous les présentateurs sont à portée de baffe de n'importe quel internaute. Je reçois régulièrement des flots d'insultes et même de menaces. Sur Twitter et, ce qui me sidère, sur Instagram. Où je lis des messages d'une violence inouïe de personnes qui viennent de poster leurs photos de vacances, tout sourires, avec leurs enfants. Tout ça parce que j'ai interviewé une personnalité politique d'une façon qui ne leur convenait pas.

Si nous n'avons pas parlé le jour de sa mort, nous avons échangé des sms dans la matinée, pendant mon émission. Je l'avoue, il m'arrive d'envoyer des messages à mes proches quand je suis en direct à la télévision. Il est aussi fréquent que des gens dont je parle à l'antenne réagissent aux propos tenus en plateau, je me dois donc de rester connecté, au cas où.

« En forme ? » m'avait demandé ma mère ce funeste lundi matin, car elle savait que j'étais encore sous le coup de mon anniversaire endiablé et je devais sans doute avoir quelques cernes, malgré le talent des maquilleuses de BFM.

« Claqué »

« Faut pas jouer les jeunes ! »

« C'est affreux de vieillir. »

« Ah bon ? » m'avait-elle répondu avec ironie.

Ma sœur arrive gare de Lyon.

Nous avons huit ans d'écart. Elle est née en 1981 et moi en 1973. Je l'aime profondément, mais la vie nous a souvent éloignés. J'ai quitté le domicile familial à dix-neuf ans. Elle était encore une enfant. Plus tard, elle a décidé de partir vivre dans le Var avec son mari et ses deux enfants.

Ce qui nous unit, c'est le lien indestructible que nos parents ont forgé. Ma mère et mon père avaient en commun d'être de la génération du baby-boom. Et d'avoir sans doute manqué d'amour dans les premières années de leur vie. Élevés à la dure ! Avec interdiction de se plaindre. Était-ce l'époque ? On se moquait de ma mère quand elle nous racontait ses Noëls avec une orange comme unique cadeau. Elle en rajoutait un peu. Mais il y avait une vraie tristesse dans son regard lorsqu'elle évoquait sa petite enfance, dans un univers de pauvreté, au milieu d'une famille d'immigrés dont la moitié ne parlait pas français.

Pour mon père, qui avait un frère quasi jumeau, puisque né un an et demi après lui, l'enfance avait sans doute été moins rude mais ce n'était pas l'opulence. Un studio pour quatre, pendant de longues années, à Asnières.

Progressivement, à la faveur des Trente Glorieuses, la famille avait accédé à la classe moyenne. Je revois mon père nous raconter, les larmes aux yeux, pour la énième fois, l'arrivée de la télévision dans le foyer, un soir de Noël, à minuit.

C'était mieux qu'une orange !

Ce que je sais de mes parents devenus adultes, et mariés, c'est qu'ils ont vécu en grande partie pour leurs deux enfants. On dit souvent qu'on reproduit le schéma familial. Pour eux, ce fut l'inverse.

Était-ce l'époque, là aussi ? Françoise Dolto était passée par là. En tout cas, nos parents nous ont donné énormément d'affection. Nous étions, ma sœur et moi, au centre de leur existence.

Ma mère a étouffé d'amour ses enfants. Mère poule puissance mille. Mère « juive » version séfarade énervée.

Rien n'était trop beau pour sa fille et son fils. Et nous avons vécu, ma sœur et moi, dans un océan de tendresse. Pour compenser ? Oui, sûrement.

Ma mère était née dans un environnement rural où les enfants étaient parfois des paquets qu'on bringuebalait d'un endroit à l'autre. Un été entier chez une tante, qu'elle connaissait à peine, quand ce n'étaient pas six mois chez une cousine, car il fallait que ses parents se concentrent sur leur labeur à la ferme.

Ce manque d'amour, heureusement contrebalancé par la rencontre avec mon père, a été un sujet de discorde tout au long de sa vie avec sa propre mère. Leurs relations étaient... orageuses.

Résultat : quand Mercedes donne naissance à un petit garçon, c'est la septième merveille du monde. Et pourquoi pas la première ?

À son époque, les enfants étaient envoyés un peu partout, pour les vacances. Le sien n'ira nulle part. Ou alors seulement en sa présence. Elle aime son fils, en exclusivité. Avec le recul, et alors que je vois mon demi-siècle se profiler, je me dis que j'ai eu de la chance de bénéficier d'un amour aussi fou, avec toutefois quelques limites.

Ainsi, dans l'esprit de ma mère, l'enfant roi devait être habillé comme s'il sortait de la cour d'Angleterre. J'étais donc souvent attifé comme le petit lord Fauntleroy. À Marcoussis ! Je me souviens d'un jour où ma mère n'en démordait pas : il fallait absolument que je porte, à l'école, le trench-coat au motif écossais acheté aux Galeries Lafayette par ma grand-mère maternelle. Tous mes copains étaient en jogging-baskets.

J'étais tellement embarrassé que, par mégarde, en sortant de l'école, j'avais mis un pull-over par-dessus le manteau, ce qui donnait l'impression que j'avais un kilt.

Maman… Pourquoi m'infliger ça ? On ne vivait pas dans le seizième ! Mais tout ça est anecdotique. En réalité, le problème de cette affection XXL, c'est qu'elle crée immanquablement un déséquilibre. Car un jour les enfants s'en vont.

Pour ma part, je suis parti de la maison à dix-neuf ans. Et ce fut un drame.

Bien plus tard, pourquoi le nier, ma mère a parfois eu du mal à comprendre la façon dont j'élevais mes enfants avec ma femme.

« Quoi ? Tu vas mettre Noé à la crèche ? »

Ce n'était pas une question de génération, c'était l'idée que rien n'est plus important que l'éducation des enfants.

Le travail ? À deux reprises, ma mère a quitté son boulot pour s'occuper de ma sœur et moi. C'était normal, dans son esprit. Une évidence.

Que pouvait-il arriver de pire à ma mère que de voir l'un de ses enfants souffrir ? C'était son pire cauchemar. C'est pourtant ce qui s'est produit avec ma sœur, et qui a plongé ma mère dans une dépression durable que ni son tempérament volcanique ni les tonnes de médicaments avalés n'ont réussi à guérir.

1981. Mes parents ont voté Mitterrand, même s'ils ne détestaient pas Giscard. Ils pensaient qu'avec la gauche au pouvoir, les CSP moins, dont ils faisaient partie, auraient un peu d'oxygène.

Alors, ils se sont saignés pour faire bâtir une petite maison à vingt-cinq kilomètres de la porte d'Orléans, à Marcoussis, qui, au début de la décennie 1980, a des allures de province, avec ses petits commerces.

Et puis, surtout, ils ont accueilli une petite fille, en février. Jennifer.

Elle est ravissante. En cette fin d'été, elle commence déjà à vouloir se tenir debout. Ma mère remarque que son pied gauche est un peu de travers.

Elle en parle à son pédiatre, qui ausculte la fillette et ne voit rien de particulier. Le mois suivant, même questionnement et même réponse. Ma mère a pourtant senti que quelque chose ne va pas. Elle l'a compris au plus profond d'elle-même. Le pédiatre, excédé, finit par rédiger une ordonnance pour une radiographie.

Le samedi 19 décembre, j'ai tout juste huit ans, et j'accompagne mes parents et ma sœur, en Talbot 1307 bleu électrique, à la clinique du Bois de Verrières, pour connaître le verdict de l'examen.

Le médecin annonce : luxation de la hanche. On croirait au diagnostic d'un sportif de haut niveau. Mais chez un bébé, c'est une maladie congénitale. Le haut du fémur se décale petit à petit du bassin. Et on boite toute sa vie. Mes parents sont anéantis. D'autant que cette malformation se détecte presque automatiquement à la naissance. Mais la radio n'a pas été faite.

Il faut donc hospitaliser Jennifer au plus vite. Nous sommes cinq jours avant Noël, ma mère demande s'il est possible de démarrer le protocole après les fêtes. La réponse est négative.

Le lundi 21 décembre, ma sœur âgée de dix mois, entre à la clinique. Elle y passera trente-sept jours. En enfer. Ce nourrisson, qui ne fait que babiller, va subir un traitement inhumain, mais qui pourtant, à l'époque, est la seule solution. Ma sœur est allongée sur le dos vingt-quatre heures sur vingt-quatre, les pieds attachés et reliés à une poulie, qui provoque un écartement progressif, l'objectif étant de redresser la hanche.

Ma mère arrête de travailler et reste nuit et jour aux côtés de sa fille, avec un dévouement extraordinaire. Mon père, lui, fait des allers-retours entre son boulot et la clinique.

Le soir de Noël, je suis chez mes grands-parents, avec aussi mon oncle et ma tante. Mon oncle Richard, que j'apprécie beaucoup, veut mettre un peu de musique (on aime danser dans la famille), ma grand-mère le lui interdit fermement ! Ce réveillon a des allures de veillée funèbre.

À 23 heures, mes parents arrivent enfin pour le dîner. Ma mère est défigurée par le chagrin. Dans les jours qui suivent, je m'installe chez des voisins. Je dors dans la chambre d'un copain qui a le même âge que moi. Je ne sais pas si c'est un réflexe de protection, mais je reste un peu hermétique à ce qui se passe autour de ma sœur. Je ne vais à la clinique qu'une seule fois.

Puis, je ne veux plus y retourner. C'est long, trente-sept jours, quasiment sans sa mère.

Un midi, elle vient me voir et m'emmène déjeuner dans une crêperie. Je vois qu'elle fait des efforts mais elle est obnubilée par ce qui arrive à ma sœur, et rétrospectivement je l'admirerai pour son abnégation.

L'épreuve que traversent ma sœur et mes parents atteint son paroxysme une nuit de janvier. Cela fait trois semaines que Jennifer est hospitalisée.

Et le pire survient. Infection alimentaire, fièvre typhoïde, rien à voir avec la hanche, c'est une salmonelle qui menace l'enfant. Ce soir-là, sa vie ne tient qu'à un fil.

Le thermomètre grimpe jusqu'à 41,5 °C.

Je suis à la maison avec mon père. Je l'entends parler au téléphone avec ma mère terrifiée. Dans la nuit, la sœur de ma mère et son mari la rejoignent à la clinique. Les appels se multiplient, la situation semble se dégrader d'heure en heure. Les médecins parlent d'état critique. Cette nuit d'angoisse n'en finit pas. Nous restons éveillés à guetter le prochain coup de fil.

Au petit matin, j'entends mon père ouvrir la fenêtre de sa chambre, au premier étage du pavillon. Je me lève et je le vois crier : « Est-ce que c'est fini ? Est-ce qu'elle est morte ? » Je m'approche, la réponse fuse de la rue : « Non, c'est bon, la fièvre a fini par tomber ! » Mon père s'écroule sur le lit, soulagé mais épuisé par cette interminable attente. Ma mère, mon oncle et ma tante entrent dans la maison, ils ont passé une nuit blanche. Et ont vu la mort de près.

Quelques jours plus tard, alors qu'elle a les jambes écartées à quasiment cent quatre-vingts degrés, les médecins décident que la première partie du traitement est terminée.

Le 26 janvier, en fin de matinée, je viens chercher Jennifer avec mes parents. Elle a le bassin plâtré pour de longues semaines, avant de porter des attelles aux genoux pendant près de six mois. Le calvaire de cette petite fille s'achèvera lorsqu'elle aura deux ans et demi.

Alors, elle pourra essayer de marcher.

Ma mère s'en voudra toute sa vie de ne pas avoir convaincu plus tôt le pédiatre. Cela aurait sans doute évité, c'est vrai, une bonne partie des souffrances de ma sœur.

Quelques jours après la fin de ce cauchemar à la clinique, mes parents décident de nous emmener en vacances à la montagne. Ce n'est pas raisonnable, car ma sœur a tout juste un an et sa santé est précaire. Et puis, les finances ne sont pas au beau fixe.

Mais ils éprouvent le besoin de reprendre une vie normale et de consolider le foyer, cette vie à quatre. Ou plutôt, à cinq, avec le chien qui nous accompagne partout désormais, et que nous adorons. C'est un colley, il ressemble comme deux gouttes d'eau à Lassie. Au chenil, sa sœur s'appelait Sarah, alors mes parents l'ont appelé Saro. Pas très inspirés sur ce coup-là, mais ça ne changeait rien à l'amour que nous avions pour lui.

Le voyage est long jusqu'à Chamonix, mais quand les premières neiges apparaissent, sur les contreforts des Alpes, je vois mes parents heureux. Mon père pousse le volume de l'autoradio. « 5 heures du mat, j'ai des frissons, je claque des dents et je monte le son », c'est le tube du moment. On chante dans la voiture, ma sœur rit, il y a sûrement des larmes qui coulent sur les joues de ma mère. On est vivants. On est ensemble. Rescapés d'une sale histoire et unis pour toujours.

Moi, l'accro au portable, je suis comme en « zone blanche ». Ça ne passe pas ! Je n'arrive pas à en parler, alors que je reçois énormément d'appels et de SMS.

Je mettrai des jours et des jours à répondre à tous les messages de condoléances. Comme si mes réponses allaient rendre réel le drame.

Et puis, soudain, je me saisis de mon téléphone et j'appelle le docteur Nasio, mon psy depuis six ans. Je lui raconte ce qui s'est passé, j'entends son émotion, il me propose de venir le voir dès le lendemain.

J'entre dans son cabinet aux teintes ocre et jaune, et au décor que je connais par cœur : le portrait de Freud que lui a légué Françoise Dolto, le tableau de Bruegel, la cheminée qui ne fonctionne pas, et le divan capitonné sur lequel je m'allonge pour l'une des séances les plus importantes de ma vie. Je déballe toute la scène, je ne peux plus m'arrêter de parler. Lui, si prolixe d'habitude, reste silencieux.

Au fond, que peut-il dire ? Que peut-il pour apaiser mon chagrin ? Rien, je le sais.

Je l'ai vécu, longuement et douloureusement à la mort de mon père, en 2016. Je mesure combien le processus de deuil est interminable. Il passe par plusieurs phases. Celle qui suit le décès est pour beaucoup une sorte de syndrome post-traumatique. C'est ce que me rappelle le psy à cet instant, avec une douceur et une compréhension qui me touchent. « Docteur, je ne sais pas si je peux vivre sans ma mère », lui dis-je.

En prononçant ces quelques mots, je réalise à quel point la relation que j'entretenais avec elle était au-delà du fusionnel. C'est presque un cas d'école pour un psy.

Mais le docteur Nasio en a vu d'autres. Cela fait si longtemps qu'il exerce. C'est un ponte de la profession, même s'il ne s'en vante jamais. La première fois que je le rencontre, il me déconcerte avec ses consignes alambiquées. Interphone, puis hall d'entrée, porte à droite, vestibule, porte à gauche... C'est un sketch ! Si on ne suit pas ces recommandations à la lettre, et que l'on pousse la porte de droite à la place de la porte de gauche, on atterrit en pleine séance avec un patient allongé sur son divan.

Quand j'entre dans cette pièce chaude, tant par ses couleurs que par la température qui y règne, je suis d'abord étonné par son look old school. Costume trois-pièces sur mesure, chaussures impeccablement cirées, cheveux noirs, lunettes strictes, pour un peu on l'imaginerait directeur financier d'une grosse boîte. Son accent argentin très prononcé lui donne du charme. Sa poignée de mains est franche. Il regarde droit dans les yeux. Et il me scanne en quelques secondes.

Pourquoi lui ? Parce qu'on me l'a conseillé, tout simplement.

Pour être plus précis, je peux dire qu'il sauvé la vie d'un de mes amis les plus proches, plongé dans une profonde dépression, et qui semblait incapable de remonter la pente.

De mon côté, je ne suis pas à l'article de la mort, je n'ai pas de trouble particulier, mais je sens que je peux basculer à tout moment. Alors, comme j'ai toujours eu un a priori positif sur les psys, je décide de me lancer dans cette aventure intérieure.

Au bout de trois séances, il a tout compris. J'ai même été saisi à plusieurs reprises par sa perspicacité. Sans jamais prendre de notes, il comprend qui l'on est. J'ai le sentiment d'être face à un mentaliste, proche de l'expérience surnaturelle. D'autant qu'il est hypermnésique et se souvient de détails qui me bluffent.

J'ai d'abord suivi chez lui une thérapie, qui a duré quelques mois. C'est-à-dire que je lui parlais assis dans un fauteuil, en face de lui.

Puis, quelques semaines après la mort de mon père, il m'a proposé un jour de m'allonger sur le divan. Pour démarrer une analyse. Depuis, chaque jeudi, je me rends dans cet appartement de bord de Seine transformé en cabinet.

J'ai toujours le même rituel : je lis *Gala* dans la salle d'attente, en commençant toujours par la chronique de Nikos Aliagas, je ne regarde plus mon téléphone, et j'essaie d'entrer progressivement dans ce moment privilégié.

C'est mon heure à moi. Mon portable est coupé. Je parle sans filtre. De mon père qui ne savait pas comment m'aimer. De ma mère qui m'aimait trop. De mes enfants à qui je m'efforce de donner une affection moins étouffante. Quoique...

Rapidement, je comprends que je me livre avec une étonnante facilité, moi qui suis d'un naturel pudique et réservé. Aurais-je fait un transfert ? Ce psy, qui pourrait être mon père, et à qui je parle si librement, vient-il combler un vide chez moi ? Sans doute. Je lui dis des choses que je n'ai jamais dites à personne. Des choses que j'aurais voulu dire à mon père ?

Oui… D'ailleurs, c'est bien parce qu'il était sur le point de mourir que j'ai eu recours à ce médecin. Le lien s'est établi presque instantanément.

C'est drôle, comme je ne croise presque jamais personne dans la salle d'attente, j'ai l'impression d'être son seul patient.

C'est dire l'attention qu'il me porte, loin de tous les clichés sur les psys qui ne disent rien, et dorment à moitié sur leur fauteuil. Le docteur Nasio parle beaucoup. Il me coache, tout en citant abondamment Paul Valéry ou Federico García Lorca.

J'aime sa façon de me dire « votre papa » ou « votre maman ». Cette délicatesse extrême quand je me replonge dans mes années d'enfance, où il me guide pas à pas, pour mieux retrouver des secrets enfouis dans le passé. Rien de scandaleux ou de scabreux. Mais des moments précis qui me permettent d'analyser mes sentiments pour mes parents.

Ma mère était formidable, mais quelle pasionaria ! Pas de place pour la nuance. Pas de place pour les autres ? Entrer dans la famille n'était pas toujours simple.

Ses relations avec sa belle-fille (ma femme Catherine) étaient compliquées. On pourrait y voir un classique syndrome de la belle-mère acariâtre.

D'ailleurs, on se moquait d'elle souvent, en adaptant la célèbre blague de la mère juive si fière de la réussite de son fils qu'elle s'en vante dans les pires circonstances : « Au secours, au secours ! Y a mon fils présentateur vedette à BFM qui se noie ! »

Mais c'était plus que ça. Une incompréhension originelle.

Le docteur Nasio m'a aidé à gérer ce duel, parfois violent entre la femme de ma vie, et la mère de ma vie.

Finalement séparées par la mort.

Et puis, je vois bien qu'avec lui, je ne suis plus tout à fait le même. Françoise Dolto disait : « La psychanalyse, c'est aider les gens à devenir ce qu'ils sont. » Nul doute que je peux mieux gérer certains événements. Même s'il y a encore du boulot !

Un jour, un de mes anciens patrons, Denis Olivennes, me dit, après une émission qui avait été très commentée dans la presse et sur les réseaux sociaux, dans laquelle j'avais mis Éric Zemmour sur le gril, en le faisant parler de choses très intimes : « C'est formidable, tu es devenu très bon dans cet exercice si difficile de l'interview ! »

Je suis flatté, et quand il me demande pourquoi et comment j'ai progressé – j'avais de la marge, j'étais souvent beaucoup trop peureux avec mes interlocuteurs, ce qui donnait des entretiens un peu fades –, je lui réponds : « C'est simple, j'en suis à ma sixième année d'analyse. »

Avec ce psy, j'ai non seulement réussi à franchir les obstacles de la vie, mais j'ai aussi appris à écouter et comprendre. Deux qualités essentielles dans mon métier. Cela m'aide énormément pour ce qu'on appelle les interviews « confessions ».

L'institut médico-légal de Paris est un lieu improbable coincé entre la Seine, la double voie du quai de la Rapée et le métro aérien. Un immeuble sans charme qui pourrait être une prison ou un hôpital.

Je m'y rends avec ma femme, quatre jours après le décès de ma mère, pour assister à la mise en bière. Drôle d'expression pour désigner ce moment où un cadavre est placé dans son cercueil. À l'origine, ai-je découvert, la bière était le nom de la planche ou de la civière sur laquelle on déposait le corps avant un enterrement.

Nous entrons dans une grande pièce plongée dans une demi-obscurité. Un cercueil est disposé en son centre. À l'intérieur, ma mère. Son visage a été remodelé par les agents des pompes funèbres. Elle a une sorte de rictus, que je ne lui connais pas.

Je m'approche, pour en être sûr. Oui, cette fois, aucun doute : je ne ressens rien.

Aucune émotion. Malgré la solennité de l'endroit et du moment, je suis hermétique à toute sensation. Cela me désole presque. Ce n'est pas ma mère qui repose dans cette boîte. Je ne sais pas de qui, ni de quoi il s'agit.

Pour moi, tout s'est arrêté, figé ce lundi fatidique sur un trottoir du quinzième arrondissement de Paris.

La suite n'est qu'une succession de rituels imposés, au mieux insipides, au pire destinés à nous faire souffrir encore plus. Ma femme, elle, est bouleversée. Au bout de deux, trois minutes, je lui dis que je veux sortir. Tout cela n'a décidément aucune signification.

La première fois que j'ai vu un mort, j'avais vingt ans. L'un de mes amis, Jean-Michel Gravier, qui fut aussi un de mes mentors, venait de décéder à l'âge de quarante-quatre ans des suites du sida. Quelques heures après avoir appris la nouvelle, l'amie qui l'avait accueilli pour ses derniers jours nous avait proposé de passer chez elle lui dire adieu. Ce fut pour moi une vision effrayante. Couché sur un lit, dans une petite chambre, il était là, intact, mais portait le masque de la mort. Je me souviens d'avoir ressenti davantage de peur que de tristesse. Comme si ce corps allait soudain se relever et nous happer.

Les deux personnes qui m'accompagnaient, Catherine, qui allait devenir ma femme, et Thierry, un ami, pleuraient. Moi je n'avais qu'une idée : quitter la pièce au plus vite. Je pressentais déjà, très jeune, que mon rapport à la mort et aux défunts serait compliqué.

Je suis agnostique. Pourtant, je vais devoir organiser avec ma sœur la cérémonie à l'église. C'était le souhait de ma mère. Pas question de revenir là-dessus.

Nous rencontrons les gens de la paroisse, qui nous expliquent les règles : pas de musique « païenne », et uniquement des textes religieux. À choisir dans une liste. Je comprends qu'il ne faut pas dénaturer ce rite chrétien, mais je ne peux m'empêcher de trouver que c'est un peu martial. Pour dire les choses comme je les ressens sur le moment, ces gens m'agacent prodigieusement. Après de longues négociations, nous obtenons le droit de diffuser une chanson de Julio Iglesias, dont ma mère, d'origine espagnole, était fan, pour la sortie du cercueil de l'église. Une sublime reprise de « J'ai oublié de vivre », le tube de Johnny Hallyday, en espagnol « Me olvidé de vivir ». Auquel sans rien dire à personne, j'ajoute « A mi manera », encore une très belle reprise, de « My Way », par les Gipsy Kings. Certains trouveront ça variétoche, mais je l'assume, c'est une partie de ma culture musicale. Classique parmi les classiques, nous choisissons l'*Ave Maria* de Schubert pour l'entrée du cercueil.

Puis un « Amazing Grace », après l'homélie.

Je veux absolument passer une chanson « païenne » de mon idole Charles Aznavour qui résume notre état d'esprit. « Il faut savoir » est un bijou. Au texte épuré et à l'orchestration envoûtante avec des cordes qui montent crescendo.

Pour éviter un conflit, je décide d'agir en douce. La sono de l'église étant défaillante, je propose de gérer la musique et le son. Me voilà promu DJ grâce à une enceinte connectée très puissante, que l'on m'a offerte pour mon anniversaire. Avec ça, je pourrais même balancer « Highway to Hell » d'AC/DC, en ouverture, à fond les gamelles, je suis le seul à savoir m'en servir. Mais sous le regard de Dieu, et dans ce lieu sacré, je me contenterai d'un chef-d'œuvre aznavourien… Pas à n'importe quel moment, d'ailleurs. À la fin de mon éloge funèbre.

J'ai écrit le portrait de ma mère.

Et c'est le cœur serré que je prends la parole devant les quelques dizaines d'amis, de proches qui sont réunis dans l'église de Marcoussis, baignée d'une très belle lumière, en cette matinée d'automne.

« Mercedes Ramos Matias, voilà un prénom et un nom bien français !

Ça fait trois jours qu'on pleure, on peut bien sourire un peu ! »

L'église éclate de rire.

Il faut dire qu'en cette fin octobre 2021, nous sommes en pleine polémique, déclenchée par le journaliste et futur candidat à la présidentielle Éric Zemmour, qui veut bannir les prénoms non-français. Je suis en deuil, mais je reste connecté à l'actualité.

« Mercedes, donc.

Née à Périgueux, le 4 août 1948.

Fille d'immigrés espagnols, une Catalane, Raymonde, et un Andalou, Édouard, réfugiés en France après avoir fui le franquisme.

Cette région magnifique du Périgord sera leur nouvelle terre.

La famille a déjà accueilli une petite fille quelques années plus tôt, Marie-Louise.

Un troisième enfant arrivera ensuite, Roland.

Les grands-parents maternels sont là aussi. Émilie. Et François, un militant communiste, déporté à Mauthausen, de retour en 1945. Mais considérablement affaibli après plusieurs années dans le camp.

À quoi ressemble l'enfance de ma mère ? Difficile d'y répondre car elle en parlait peu. Sauf pour nous raconter qu'elle vivait à la ferme, au milieu des bêtes, qu'il lui fallait parfois faire quatre kilomètres à pied pour aller à l'école, quand la Vézère était en crue et qu'on ne pouvait pas traverser en bateau.

Puis vient l'adolescence dans cette France des années soixante, les années SLC, *Salut les copains*. Les années Johnny et Sylvie, mais la jeune fille qu'elle est alors se découvre une passion pour les chanteurs engagés tels que Leny Escudero ou Georges Chelon. Un goût musical qu'elle tentera, en vain, de nous transmettre.

La jeune Mercedes n'a qu'une idée en tête : monter à Paris et trouver un travail. C'est chose faite en 1968, et c'est une sacrée révolution, car en changeant de région, elle change aussi de prénom. Adios Mercedes, bonjour Annie. Son deuxième prénom devient le premier.

Apprentissage du secrétariat et de la comptabilité, premiers boulots, premières sorties dans la capitale.

Et bientôt, la rencontre de sa vie. Un jeune Normand avec une barbe de hipster, fou de voitures, qui aime faire des tours de périph avec sa R8 Gordini. Mon père.

Coup de foudre. Dans un bal du samedi soir. Il ne sait pas danser mais il l'invite. Sur un tango : Annie Ramos et Jean-Claude Toussaint. La voix de Tino Rossi résonne dans la salle : « Le plus beau de tous les tangos du monde, c'est celui que j'ai dansé dans tes bras. »

Un an plus tard, en août 1972, mariage à Rouffignac, en Dordogne. Les jeunes mariés s'installent à Asnières. Un bonheur qui est malheureusement brisé par un deuil soudain : Roland, son petit frère, meurt dans un accident de la route, à l'âge de dix-huit ans. C'est une déflagration pour la famille. Et en particulier pour ma mère qui adorait son frère.

La suite est plus joyeuse, avec l'arrivée d'un premier enfant, auquel ma mère décide de donner un prénom… original. Enceinte, elle dévore un roman à l'eau de rose, un best-seller signé

Kathleen Winsor, dont le héros s'appelle Bruce. Merci maman, c'est chouette de ne pas s'appeler Sébastien ou Thierry, comme la moitié des garçons de mon âge.

Mes parents et moi, on a traversé les années soixante-dix dans une grande unité de couleur : orange. Quand je revois les photos de l'époque, les murs sont orange, la voiture est orange, les robes de ma mère sont orange. Mais elle est surtout très belle. Brune, les cheveux longs, grande, le regard perçant.

Ma sœur Jennifer naît en février 1981. On est très heureux, même si une nouvelle épreuve nous attend. Cette fichue hanche qui n'est pas droite. Hôpital, plâtre, attelles, maman est extraordinaire de dévouement pour ce bébé qui bientôt va finir par marcher et avoir une vie normale.

On ne peut pas parler de ma mère sans dire qu'elle vivait pour ses enfants. Nous étions au centre de son existence et elle nous a donné énormément d'amour. Comme, un peu plus tard, elle a adoré ses petits-enfants : Lola, Noé, Maxime et Ambre.

Je nous revois ma sœur et moi en vacances, joyeux, insouciants. Traversant la France, avec ce chien, ce colley que nous adorions. Les plages du Roussillon, le bac de l'île de Ré (déjà), la montagne aussi, quand les finances étaient au plus bas. Dieppe, bien sûr. Ma mère trouvait qu'il y faisait trop froid, mais elle adorait ma grand-mère qui y vivait. Et toujours le Périgord, avec ces longs périples sur la nationale 20 pour rejoindre la maison familiale et les madeleines que notre grand-mère nous avait préparées.

Travaillant souvent à mi-temps, pour nous élever ma sœur et moi, elle a mené une carrière de comptable, dans différentes entreprises. Et puis, elle s'est tournée vers les instituts de sondage. Si vous êtes là aujourd'hui, elle vous a forcément un jour donné un paquet de lessive, en échange de trois sachets de thé expérimentaux, pour une de ces fameuses enquêtes.

Elle aimait ce boulot. Parce qu'elle était en mouvement, et surtout parce qu'elle était en contact avec les autres.

Voilà ce qui résume le mieux ce qu'elle était : une mère formidable et une amie exceptionnelle. Toujours à l'écoute, toujours prête à vous rendre service, à venir vous soutenir dans l'épreuve. C'est rare, autant de générosité.

Une grande faculté d'écoute mais, soyons honnêtes, une capacité à parler aussi pendant des heures. Là, on retrouve les racines latines et ibériques, cette culture qu'elle aimait tant.

Parler, échanger, donner, accueillir. Parler fort et longtemps. Rire aussi. Beaucoup. Et fort. Ma mère, c'était un réseau social.

Ni riches ni pauvres, je crois que mes parents ont vécu de très bons moments. En famille, entre amis. Ils avaient le goût des voyages. Avec leurs amis.

Et puis, papa est tombé malade. Elle l'aimait tellement qu'elle n'a rien vu venir. Nous avions tous compris qu'il était condamné, mais quand j'ai débarqué en pleine nuit pour lui annoncer qu'il était parti, elle n'y a pas cru.

La suite a été dure, très dure. Un deuil impossible.

Et puis, la maladie l'a frappée elle aussi.

Deux cancers. Une voix qui flanche, quelle tristesse pour quelqu'un qui aimait autant parler. Mais une fois encore, elle avait fait preuve de courage et de force. Rémission, nous avait dit son hématologue il y a quelques semaines.

Elle était repartie. À fond. Voulait se faire opérer des cordes vocales, pour reprendre une vie quasi normale. C'était programmé dans quelques semaines.

Jeudi dernier, nous étions ensemble pour faire des courses, elle galopait dans les magasins. Dimanche, elle m'a souhaité mon anniversaire. Lundi, à 14 h 01, elle parlait au téléphone à

Jennifer. Huit minutes plus tard, elle était foudroyée. Dans la rue. À cent mètres à vol d'oiseau de la clinique Sainte-Félicité, où Lola et Noé ont vu le jour.

La vie, la mort qui se télescopent.

Albert Cohen a écrit : “Les fils ne savent pas que leurs mères sont mortelles.”

J'ai sincèrement cru qu'elle allait se relever. Et me serrer dans ses bras.

Un choc. Pour nous. Pour vous tous.

Le cœur qui lâche brutalement. Violemment.

Ce cœur qui nous a tant aimés, qui a tant battu.

Comment ne pas y voir un symbole…

Ma sœur et moi avons été extrêmement touchés par les innombrables messages de soutien que nous avons reçu.

Merci d'être là aujourd'hui.

Il y a une très jolie phrase de Frédéric Dard qui dit : “Si j'avais su que je l'aimais tant, je l'aurais aimée encore davantage.”

Alors, continuons à l'aimer. De toutes nos forces.

Un dernier mot : je sais votre tristesse, Lola et Noé. Il faut être fort. Il faut savoir. Encore sourire. »

Quelques notes de piano résonnent dans l'église et puis la voix d'Aznavour enveloppe l'assistance.

Les derniers mots de la chanson claquent : « Il faut savoir mais moi, je ne sais pas. »

Et ce sont les enfants maintenant qui prennent la parole.

Lola et Noé adoraient leur grand-mère. Je leur ai simplement demandé s'ils voulaient lui rendre hommage. Sans aucune consigne. Je n'ai aucune idée de ce qu'ils vont dire. Lola, l'aînée, vingt et un ans, s'approche du micro et raconte ses vacances, récemment, avec ma mère. Elles étaient parties toutes les deux dans le sud de l'Espagne. Pour du farniente mais aussi des retrouvailles avec une partie de la famille. Mon grand-père a fui l'Andalousie en 1936, mais ses proches sont restés. Son récit est aussi émouvant qu'hilarant.

Pour Lola, c'est une perte immense. Elle mettra de longues semaines à l'accepter. Noé, dix-sept ans, a écrit quelques mots, tout aussi bouleversants. C'est beau de les voir si impliqués, si touchés.

La cérémonie s'achève avec la sortie du cercueil sur le parvis de la petite église de Marcoussis. Le prêtre a eu des mots très justes. Sur la vie d'après. Et le deuil.

Il y a eu des larmes, mais des rires aussi, on a écouté les chansons qu'elle aimait. Et le soleil brille toujours et donne une température presque printanière à ce vendredi 22 octobre.

Six mois plus tard, ma meilleure amie, Nathalie, dira dans un discours à l'occasion de nos vingt-cinq ans de mariage, et pour rendre hommage à notre sens de la fête et de l'amitié : « Chez eux, même les enterrements sont réussis. »

Pour une fois, j'en aurais presque eu les larmes aux yeux.

Je crois que j'ai peut-être enfin la réponse à une question existentielle : qu'est-ce qu'un ami ?

J'aime répondre par la formule consacrée : « C'est quelqu'un qu'on connaît très bien et qu'on aime quand même. » Mais je crois désormais qu'un ami c'est quelqu'un qui vient aux obsèques de mes parents. Parce qu'il ou elle veut me soutenir dans cette épreuve. Je sais qui était là. Et je ne l'oublierai jamais.

Mes amis aiment se moquer de moi, pour ma capacité à toujours en faire trop dès que je dois organiser un repas. Si nous sommes six à table, je prévois au minimum pour dix personnes. Je ne sais pas faire autrement. C'est un tropisme qui m'a été transmis par ma mère, cette obsession de la bouffe. Pas toujours gastronomique, pour être honnête. Plus gourmand que gourmet. N'importe quel déjeuner ou dîner familial était devenu une compétition. Pour un anniversaire, il fallait compter au moins deux entrées, un plat, du fromage et deux desserts. Pourquoi faire maigre… Et je ne parle pas du réveillon de Noël. La finale des Jeux olympiques : entre cinq et six entrées, deux plats, fromage, et quatre ou cinq desserts… sans oublier le trou normand. La quantité autant que la qualité.

Pour ma mère (et mon père était largement complice), il était inconcevable qu'un convive reparte de la maison sans être rassasié. La santé, c'était d'abord le ventre ! Je m'amusais (sans lui dire), quand elle gardait mes enfants, à lui demander au téléphone comment ils allaient. Réponse : « Ça va, ils ont bien mangé. » Était-ce le fruit d'une enfance à la dure, ou plutôt d'une culture méditerranéenne où le repas est au cœur de la vie familiale ? Sans doute un peu les deux.

Quand j'allais déjeuner avec elle à Marcoussis : « Tu veux manger quoi ? Choucroute ou petit salé ?

– Je ne sais pas maman, comme tu veux. »

Invariablement, elle me servait les deux plats, sans y voir le moindre problème.

Comment voulez-vous que j'aie une taille de guêpe, avec une mère pareille ? Elle avait, par ailleurs, une conception de la cuisine assez novatrice. C'est-à-dire qu'elle appliquait les recettes sans les lire. Ce qui donnait parfois des résultats étranges. Je me souviens d'un dessert concocté avec de la fécule de pomme de terre, parce qu'elle n'avait plus de maïzena. C'était dégueulasse, évidemment.

Elle avait surtout l'amour des plats canailles. L'osso bucco, le poulet à la crème, la paella, le bœuf bourguignon.

Peu de temps après sa mort, ma sœur a retrouvé ses recettes illisibles, écrites sur des bouts de feuilles datant d'avant Raymond Oliver.

À la demande de mes enfants, j'ai entrepris de réaliser certains de ses mets. Pour garder un peu d'elle près de nous. Et pour lui rendre l'hommage qu'elle méritait, j'ai bien pris de soin de rater la moitié des plats que je cuisinais.

Le crématorium.

Je redoute tant ce moment que je me trompe de route et y arrive en retard. Le lieu est sinistre, un bâtiment bizarre qui ressemble à une école ou une banale administration.

Une salle nous est réservée. C'est une sorte d'hémicycle, avec des bancs de bois qui font face au cercueil.

Nous sommes dans « la plus stricte intimité ». La famille et une poignée d'amis très proches. Une quinzaine de personnes au total. Il y a un maître de cérémonie.

Hervé est un super pro : je le connais, il s'était déjà occupé des obsèques de mon père. Nous nous sommes croisés le matin à la morgue, il était là pour sceller le cercueil et organiser le transport. C'est fou d'écrire cela, mais il avait l'air drôlement content de me revoir, Hervé. Moi un peu moins. Forcément. Mais seulement à cause des circonstances.

Car c'est un type très chaleureux et surtout qui connaît son métier par cœur. En entrant dans la salle, je papote avec lui brièvement. Il m'explique le déroulement de la cérémonie, qui va durer une quinzaine de minutes.

Avec trois chansons, entrecoupées de moments de recueillement. J'ai choisi, avec ma fille, « You Are So Beautiful » de Joe Cocker, « Pour une amourette » de Leny Escudero, et « What the World Needs Now Is Love » composée par le regretté Burt Bacharach et Hal David, et chantée par Jackie DeShannon.

Hervé est formidable. C'est une sorte de Jean-Pierre Foucault des pompes funèbres. Oui, mes références restent télévisuelles. Il a une voix qui porte et réussit parfaitement les enchaînements. Mais la souffrance a supplanté ma fausse décontraction. Je n'entends pas la musique. Il n'y a que ce cercueil, ainsi qu'une grande photo de ma mère, projetée sur un écran géant. J'entends les sanglots de certaines personnes autour de moi.

Ce moment est atroce. J'avoue que je ne comprends pas pourquoi nous nous infligeons de telles situations. Certains en ont peut-être besoin pour démarrer leur travail de deuil. Pour moi, c'est une séance de torture. Longue, trop longue.

Je sais que dans quelques minutes, tout sera fini. Enfin ! Déjà...

« Maintenant, les personnes qui le souhaitent peuvent venir une dernière fois toucher le cercueil, et adresser un dernier message à la défunte », annonce Hervé.

Alors, chacun se lève et sans un bruit vient dire adieu à ce que je n'arrive pas à considérer autrement que comme une boîte. Je le fais machinalement, pour ne choquer personne. Tout le monde sort. Moi, je reste avec Hervé, que je remercie. Il me dit que tout s'est bien passé.

J'ai failli lui lancer « à la prochaine », mais cela n'aurait eu aucun sens. Il a un grand sourire. Je crois qu'il était sincèrement content de m'accompagner tout au long de cette journée. Il ne nous reste plus qu'à dire au revoir à nos proches. Il est un peu plus de 17 heures, avec ma femme nous prenons la direction de l'île de Ré. J'ai envie de quitter Paris, de tourner cette page. De respirer un grand coup, au bord de l'Atlantique. J'ai envie de m'extraire de cette journée funeste, comme j'ai voulu secrètement, toute mon enfance, et surtout mon adolescence, quitter cette classe sociale qui était la nôtre. Non par snobisme ou je ne sais quel arrivisme, mais parce que je ne supportais pas de voir mes parents galérer pour vivre dignement.

J'ai eu beaucoup de chance. Car très vite j'ai gagné ma vie correctement. Autant que possible, j'ai voulu partager avec eux ce confort. Parfois même ce luxe. En les emmenant à l'hôtel, en vacances.

En les accueillant aussi dans cette maison de l'île de Ré, symbole de réussite, dans ce lieu désormais si prisé. Un petit bout de terre relié à La Rochelle par un pont qui n'existait pas quand nous y avons mis les pieds pour la première fois, à l'été 1985. Il fallait encore prendre le bac, très tôt le matin, pour échapper aux embouteillages.

En arrivant au débarcadère à la pointe de Sablanceaux, nous avions découvert cette végétation si noble avec ses pins parasols et ses vignes abondantes, et surtout ses dunes à perte de vue.

Un paradis.

Je me souviens de la minuscule maison louée dans le village de Loix, le plus isolé, sans doute aussi le moins cher pour ses tarifs de location. Et très vite, nous avions pris le rythme des vacanciers rétais : balade à vélo, visite des marchés, promenade dans les marais et le farniente sur les plages de sable fin, bien sûr.

L'île n'était pas à la mode. Lionel Jospin n'était ni Premier ministre, ni propriétaire d'une maison à Ars, cette commune surplombée par un clocher noir et blanc. C'était même un lieu populaire avec ses nombreux campings et ses buvettes, qu'on revoit dans les vieux films de Pascal Thomas. Nous y sommes allés trois étés de suite.

Je voyais bien que mes parents étaient de plus en plus séduits par le climat océanique et cette île à la fois sauvage et accueillante. Pas question pour eux d'y investir, ils n'en avaient pas les moyens. Mais de longues années plus tard, c'est moi qui ai pu réaliser ce rêve.

À l'instant où ma voiture s'engage sur l'autoroute, je ne réfléchis pas à tout ça. Je suis encore bouleversé par ce moment au crématorium. Et je ne peux m'empêcher de penser que le cercueil de ma mère entre maintenant dans un fourneau et se consume.

Alors que ces lignes me replongent dans cet après-midi noir, surgit une question : où sont les cendres de ma mère ? Impossible de me souvenir de ce que nous en avons fait.

Je me rends compte que cela peut sembler délirant. C'est dire surtout l'ampleur de mon déni. J'hésite à appeler ma sœur, mais comme je sais au fond de moi que la réponse doit être évidente, je ne décroche pas mon téléphone. Les a-t-on dispersées ? Et cette urne, où diable peut-elle être ? Je pense à un ami qui m'a dit récemment : « Quand je serai mort, faites un apéro sur la plage, et jetez discrètement ce qui reste de moi dans la mer. » Mais où sont ses cendres, bon sang ?! Je m'énerve tout seul. Ce n'est que le lendemain, en questionnant ma femme, que tout me reviendra en mémoire. Quelques semaines après la crémation, l'urne a été déposée dans le caveau familial où repose mon père. Et la tombe a été scellée. Pour qu'ils soient à nouveau réunis.

Cela avait donné lieu à un repas familial, un moment très chaleureux avec ma tante et mon cousin, de quelques années mon aîné. L'occasion de raconter mille histoires sur ma mère. J'avais même découvert ce jour-là qu'elle avait eu une assez longue histoire avec un certain Michel, avant de rencontrer mon père. Elle ne nous en avait jamais parlé.

J'ai retrouvé ma mère. Me voilà rassuré. Et elle, surtout, a retrouvé son mari. Son Jean-Claude. Les voilà pour toujours sur cette terre qu'ils ont choisie. Pas celle où ils sont nés.

Maman, par exemple, venait de la campagne. La vraie. Le Périgord est une région magnifique. C'était en quelque sorte sa terre d'adoption (même si elle y est née), car sa famille était espagnole. Réfugiée. On dirait « migrants » aujourd'hui. À l'époque, on disait plutôt les « espingouins » ou, pire, les « indésirables ».

Le village de Rouffignac, où s'installent les Ramos Matias, compte un millier d'habitants au sortir de la guerre.

C'est une commune traumatisée par le passage de la division Brehmer. Le 31 mars 1944, ce régiment nazi, qui a déjà semé la terreur dans tout le département, entre dans Rouffignac pour traquer les maquisards et les Juifs.

En quelques heures, la totalité des maisons est incendiée et détruite.

Il ne reste que l'église où se sont cachées plusieurs familles et un résistant qui sera exécuté. C'est là que ma mère grandit. Dans cette province reculée, où il n'y a pas de gare, et à l'époque très peu de voitures. Mon grand-père travaille comme métayer et ma grand-mère comme cuisinière pour plusieurs grandes maisons. Des châteaux, notamment. Il faut dire que dans ce paysage, on en trouve à tous les coins de rue.

C'est une région où la nature est verdoyante, il y a du relief, des forêts ancestrales et des couleurs surtout. Des couleurs extraordinaires que seul mon daltonisme m'empêche de décrire précisément. Et puis, comme le disait souvent Jacques Chirac lors de ses déplacements dans les coins les plus reculés : « C'est loin... mais c'est beau. »

Ce village qui marque la porte d'entrée du Périgord noir, qui sent bon la truffe et les cèpes, les pommes sarladaises à la graisse d'oie, le foie gras de canard et les gésiers confits, se trouve loin de tout.

À quarante kilomètres de la grande ville, Périgueux. Mais quarante kilomètres, au début des années 1950, c'est le bout du monde. Quant à la capitale... Il faut bien huit ou neuf heures pour la rallier en récupérant la nationale 20 à Limoges. Mes grands-parents vont un peu bourlinguer dans le secteur pendant une vingtaine d'années avant de s'installer définitivement en plein cœur de Rouffignac. La maison est petite, avec des pièces exiguës, mais il y a un immense jardin qui deviendra le domaine de mon grand-père et la fierté du village.

J'arpenterai dans mon enfance le très grand potager avec une brouette pour aider mon papy à cultiver tomates, pommes de terre et autres courgettes. Il mourra jeune, à soixante ans, d'une crise cardiaque. Tombé raide mort, lui aussi.

Au milieu de son jardin. J'avais huit ans.

Récemment, mon cousin Laurent m'a montré une photo de la maison, qui est toujours là. Et du jardin en friche, abandonné.

Toute sa vie, ma mère entretiendra une relation tumultueuse avec ce terroir. Le bourg reconstruit après la guerre n'a pas le charme fou des villages médiévaux de la région : Montignac (la ville de Lascaux), les Eyzies-de-Tayac, Saint-Léon-sur-Vézère, et Sarlat bien sûr. Mais il y règne une atmosphère de province accueillante, avec ses commerces désuets : l'épicerie Pompougnac, l'hôtel de la Renaissance... La plupart des amis de ma mère vont rester sur place à l'âge adulte, l'une deviendra institutrice, l'autre garagiste. Elle, elle le fuit à dix-huit ans, mais s'y marie quelques années plus tard. Et ira jusqu'à acheter avec mon père une bicoque à retaper, à l'aube de la cinquantaine, pour y passer les vacances, accueillir les premiers petits-enfants et retrouver tous les amis de son enfance. Dordogne, je t'aime, moi non plus…

Mon père aura les mêmes liens conflictuels avec son port d'attache. Dieppe, en Seine-Maritime. Il y naît mais est heureux de quitter adolescent la Normandie pour rejoindre la capitale.

Ensuite, il y retourne souvent, notamment pour voir sa mère, mais n'y est pas à l'aise. Il n'a pas d'affection pour la Côte d'Albâtre, qui a pourtant du caractère et une beauté brute, que j'adore.

Le climat est rude, il y a toujours du vent, il fait froid même début juillet, mais les falaises sont sublimes et la grand-rue de Dieppe vaut tous les Champs-Élysées. La maison familiale sera vendue dès la mort de ma grand-mère. J'aurais dû la racheter. Je n'ai pas osé. Je l'avais pourtant promis à ma très chère grand-mère, que j'ai tant aimée, et qui m'a tant appris.

Nous ne retournerons plus jamais à Dieppe, où j'ai pourtant mes plus beaux souvenirs de vacances.

1973.

La France a les cheveux longs, et ma mère un ventre rond. Tout le monde écoute le dernier tube de Michel Delpech sur RTL, et on roule en Simca 1 000. Mes parents habitent Gennevilliers, paisible banlieue ouvrière du Nord-Ouest parisien. Durant l'été, qui se déroule en partie dans son Périgord natal, ma mère lit un roman américain « à l'eau de rose ». Ça s'appelle *Ambre* et c'est signé Kathleen Winsor. C'est un énorme best-seller, le grand succès d'édition des années 1940 aux États-Unis et dans le monde. Ambre, paysanne orpheline, a un destin incroyable : après avoir épousé Lord Carlton, elle se hisse au sommet de la société londonienne du XVIIe siècle, à la cour de Charles II. Elle a deux enfants. Une fille, Suzanne. Et un fils, Bruce. Ma mère s'arrête sur ce prénom pour le moins original. En parle à mon père, qui acquiesce.

On ne peut pas dire que l'idée fasse un triomphe dans la famille. C'est l'époque des premiers Bruce Lee au cinéma, certes, mais on ne parle pas encore de Springsteen et encore moins de Willis. C'est un prénom gaélique, rarissime en France. Je n'en ai croisé que deux ou trois dans ma vie. Le plus surprenant, c'est que ma mère choisisse un prénom aussi atypique, elle qui a tant souffert du sien. Ou alors ce n'est pas étonnant justement... Un bon sujet pour le docteur Nasio !

Le curé qui me baptise ne peut s'empêcher de glisser une vacherie :

« Quel dommage avec un nom aussi merveilleux (forcément, Toussaint), d'avoir un prénom aussi ridicule. » Coup de froid dans l'assistance.

Mais ma mère ne regrette rien. Moi non plus. Ce prénom m'a servi, j'en suis sûr. C'est un très beau cadeau et un moyen de se distinguer.

Je dois énormément à mes parents. Ils ont fait ce que je suis. Et aussi loin que je sollicite ma mémoire, je ne me suis jamais opposé à eux.

Ou alors si, une fois. J'ai traversé une crise d'adolescence assez aiguë : elle a duré... vingt-quatre heures. Vingt-quatre heures de guerre atroce avec mes parents, avant le retour à la paix pour l'éternité.

En 1990, je passe le bac de français. Deux semaines avant l'épreuve écrite, j'ai la bonne idée d'organiser une virée secrète avec des potes à Paris. Un gigantesque complot se prépare. J'annonce à ma mère que le samedi suivant j'irai dormir chez un de mes meilleurs amis. En réalité, nous projetons de monter à la capitale, en RER. Sur place, l'objectif est de boire des coups et surtout d'aller en boîte. Avant de revenir dans notre banlieue, par le premier train, vers 6 heures du matin. Pour la plupart d'entre nous, c'est la grande aventure de notre vie.

Ma mère a senti que je lui racontais un bobard. À plusieurs reprises, elle tente de me piéger, et menace d'appeler les parents du copain qui doit officiellement m'héberger. Mais je tiens bon ; cette soirée, je donnerais n'importe quoi pour y assister. Le jour venu, l'excitation est à son comble. Je fais des allers-retours chez des potes pour les derniers réglages de ce débarquement parisien.

J'ai pensé à tout, mais j'ai oublié un détail qui me sera fatal. Ce samedi-là, je ne révise pas une seconde. À 18 heures, le couperet tombe : « Tu n'as rien foutu de la journée, tu es privé de sortie ce soir. »

Je l'implore de revenir sur sa décision. En vain… Le monde s'écroule. Je vais rater la nuit de l'année. La nuit du siècle. J'en veux terriblement à mes parents. À cet instant, je les hais.

Mes amis se rejoignent à la gare d'Orsay. Ils prennent la direction de Châtelet. Moi, je m'enferme dans ma chambre. Dans un mutisme qui, j'en suis persuadé, durera des années. Jamais je ne leur pardonnerai.

Le lendemain, c'est la fête des Mères. Mauvais timing... Je ne décroche pas un mot de la matinée.

À 13 heures, le déjeuner est servi. Non seulement je ne dis rien, mais surtout je n'adresse pas la parole à ma mère qui attend que je lui souhaite sa fête. Le repas se déroule dans une atmosphère lourde.

Mon père, un modèle de calme et de maîtrise, me dit en détachant ses mots : « J'espère que tu sais ce que tu fais. »

Du haut de mes seize ans, je sens que l'heure est grave. Deux heures plus tard, renonçant à la lutte armée, je vais embrasser ma mère et lui offrir le petit cadeau que je lui avais acheté. Le combat est terminé.

Ce sera notre seul et unique conflit en quarante-huit ans.

Jean-Claude

Noël 2015.

Mon père nous prend à part, ma sœur et moi. Quelques semaines plus tôt, on lui a diagnostiqué un cancer de la peau. Carcinome à cellules de Merkel. Rien à voir avec Angela. C'est une vraie saloperie. Une tumeur venue se loger dans la fesse et qui a commencé à se propager.

Très vite les médecins nous ont expliqué que c'était une maladie rare, très difficile à soigner. Une amie chirurgienne nous a dit : « C'est foutu, il lui reste six mois à vivre. » Il tiendra... sept mois.

Mon père est un taiseux. Un homme discret, parfois effacé. Le contraire de ma mère. Il porte bien ses soixante-huit ans, sans embonpoint ni calvitie.

Il n'a jamais été un grand sportif, mais il a un bon profil de centenaire, après une vie sans cigarettes et surtout sans excès. Il est à la retraite depuis six ans.

Le voici, donc, qui se penche vers nous et parle à voix basse : « Je veux vous dire quelque chose de très important. Si je ne m'en sors pas, je ne veux pas que vous soyez tristes. Vous organiserez des obsèques simples. Sans fleurs, ni couronnes. Et surtout, insiste-t-il, sans déjeuner ou dîner suivant l'enterrement. Je déteste ça ! Une fois que ce sera fini, vous passerez à autre chose et vous m'oublierez. »

Nous restons silencieux ma sœur et moi. Et baissons la tête. C'est un moment d'une infinie tristesse.

Je lui dis, au bout de quelques secondes : « Nous n'aurons pas besoin d'en arriver là. »

Il me répond fermement : « Tu n'en sais rien. »

Mon père, c'est le roc de cette famille. Il est insubmersible. Je l'aime, comme on aime un père, mais j'ai aussi de l'admiration pour sa sagacité et son côté placide. Avec cette moustache qui lui donne un air de Jean Rochefort, il en impose, tout en étant en retrait. Il travaille depuis qu'il a seize ans. Ne se plaint jamais. Il n'a pas de pardessus râpé, comme dans la chanson de Daniel Guichard, mais il a pris pendant des années le même autobus de banlieue, et le soir, en rentrant du boulot, s'est assis sans dire un mot ; on peut dire qu'il est du genre silencieux, mon vieux.

Depuis toujours, il « contrôle » ma mère, comme on surveille le lait sur le feu. C'est une mission de tous les instants, lorsqu'on vit avec un tempérament pareil. Il est aussi nordique qu'elle est méditerranéenne. Il est timide quand elle est exaltée. Il est strict quand elle est désordonnée. Et ils s'aiment. Follement. Ce couple de feu et de glace a traversé toutes les épreuves.

Mais ce qui nous a beaucoup manqué pendant des années, c'est l'argent. J'en parle librement, car l'enfance a ceci de merveilleux qu'elle éloigne des préoccupations pécuniaires.

On mangeait à notre faim. On était gâtés à Noël. Jamais je n'ai eu le sentiment de manquer de quoi que ce soit. Mais c'était au prix d'efforts inouïs de mes parents. Ma mère voulait nous élever. Il n'y avait donc qu'un seul maigre salaire, celui de mon père, pour faire bouillir la marmite et payer les traites de la maison. On vivait à crédit, et en stéréo. De 7 heures du matin à 20 heures, le transistor était allumé, non-stop, dans la cuisine. Invariablement sur RTL. J'écoutais avec mon père, les premiers flashes infos de la matinée, en prenant mon petit-déjeuner.

Puis, je partais à l'école à vélo, et rentrais déjeuner avec ma mère, et nous écoutions religieusement l'animateur vedette de la station, Fabrice et son *Casino Parade*, une émission de jeux et de variétés qui nous amusait beaucoup. Au point que nous allions parfois assister à ce divertissement qui était en public le mercredi, en province, mais aussi en région parisienne.

Je me souviens du théâtre Adolphe Adam de Longjumeau, qui accueillait régulièrement l'équipe de RTL, ce qui nous permettait de voir sur scène Nicolas Peyrac, Nicoletta, ou Michel Fugain, des invités récurrents. Gratuitement.

J'ai compris que nous avions un souci de porte-monnaie le jour où mes parents ont décidé, sans prévenir, une série d'économies de bouts de chandelle, au rayon desquelles se trouvait la suppression de l'abonnement à *Télé 7 Jours*.

Cela peut paraître dérisoire, mais pour le préado que j'étais, déjà intéressé par l'univers des médias, ce magazine avait une place très importante. J'adorais lires les confidences des vedettes de la télévision. Mais j'allais devoir m'en passer.

On en était là. Du coup, et en y repensant j'ai des frissons, je me jetais sur cet hebdomadaire quand je rendais visite à mes grands-parents paternels, qui eux l'achetaient systématiquement.

C'était l'époque de *Champs-Élysées* le samedi soir, avec Michel Drucker où les invités arrivaient dans des limousines vêtus d'épais manteaux de fourrure. Il y avait aussi les émissions de Patrick Sabatier, le vendredi : *Avis de recherche*, *Porte-Bonheur*. Et puis, c'étaient les grands débuts de Canal+ !

Particularité de Marcoussis, située dans une cuvette, même les tranches en clair étaient inaccessibles. Au collège, on parlait des Nuls, des matchs de foot, du basket commenté par George Eddy, du *Top 50* avec Marc Toesca, je faisais semblant de comprendre. Et riais en décalé avant de prendre une belle revanche, puisque c'est à Canal que mon parcours a vraiment commencé, une décennie plus tard.

Dans ces années 1980 où le fric et le succès ne se cachaient plus à l'écran, je me consolais en me disant qu'il y avait beaucoup plus précaire que nous.

Je me souviens des petits boulots que mes parents acceptaient pour mettre un peu de beurre dans les épinards.

Une garde d'enfants, du bricolage, et aussi ce qu'ils appelaient les câblages. Pendant quelques mois, ils avaient trouvé ce plan : câbler les fils de futurs flippers. Ils faisaient ça à la maison, de 21 heures à minuit, pour gagner quelques dizaines de francs. Et continuer à vivre presque normalement.

C'étaient les années des vacances d'été dans le Jura, près de Pontarlier.

Ou dans le Massif central, à Super-Besse. Parce que les locations à la mer étaient trop chères, mais on passait de bons moments tous les quatre, à arpenter les montagnes françaises. J'ai eu la chance d'aller au restaurant avec mes grands-parents, quand j'étais gosse, du côté de Dieppe, mais l'hôtel, je ne connaissais pas.

J'y suis allé pour la première fois à l'âge de dix-sept ans. Quant à l'avion, j'ai dû attendre de travailler pour faire mon baptême de l'air. J'avais tout juste vingt ans, et j'allais à Mulhouse commenter un match de football. Autant dire que c'était une épopée !

Loin de moi l'idée de faire pleurer dans les chaumières en racontant cela. Nous n'étions pas malheureux. Mais ils faisaient attention à tout.

En classe de seconde, au lycée de l'Essouriau aux Ulis, j'ai vu la plupart de mes potes partir trois semaines aux États-Unis, avec notre prof d'anglais. C'était une occasion exceptionnelle. Un tarif hyperattractif pour un voyage scolaire inoubliable. Mais c'était quand même trop cher pour nous. Là, ça m'a fait mal. Parce que j'étais plus grand. Parce que je me suis senti exclu. Parce que la Floride, la Géorgie, l'Utah, ça me faisait rêver.

Deux ans plus tard, j'ai à peine dix-sept ans, c'est un voyage en Italie qui est organisé par le lycée. À Florence. Cette fois encore, mes parents renoncent, la mort dans l'âme, à financer l'intégralité de mon périple. Mais ils me proposent de travailler pour en payer une partie. Me voilà embauché au McDonald's de La Ville-du-Bois. Expérience très, très intéressante. Toaster des buns pendant deux heures, ça donne envie… de faire autre chose !

Malgré la chimiothérapie et la radiothérapie, la maladie s'est installée.

Durant les premières semaines de l'année 2016, mon père commence à être diminué physiquement. On dit : c'est à cause du traitement ! C'est surtout ce cancer qui le ronge. Fin février, il vient déjeuner un dimanche à la maison, avec ma mère, pour l'anniversaire de Noé, mon fils.

Il a froid, porte trois pulls, c'est l'hiver de sa vie. Je vais le voir à l'hôpital Henri-Mondor de Créteil, pendant l'une de ses séances de chimio. Il ne montre rien.

Les jours passent et aucune amélioration ne survient. Pire, on lui découvre bientôt un lymphome, un deuxième cancer. C'est le coup de grâce.

Début avril, nous descendons tous dans le Var, pour rendre visite à ma sœur et sa petite famille. Quand ma femme, qui ne l'a pas vu depuis quelques semaines, l'aperçoit à l'aéroport d'Orly, elle le reconnaît à peine. Il a beaucoup maigri. Ses yeux sont creusés. Il a perdu une partie de ses cheveux. C'est un survivant.

On pense alors que l'air du Midi lui fera du bien. Il développe sur place un hoquet qui dure des jours et des jours… C'est apparemment un symptôme des cancéreux. Les moments que nous passons tous ensemble sont difficiles. Il ne peut rester à table que quelques minutes, le reste du temps il est recroquevillé sur le canapé ou sur son lit.

L'agonie commence.

Lundi 23 mai 2016, ma mère m'annonce au téléphone que mon père est au plus mal. Je préviens l'hôpital et organise un transfert en ambulance.

Son état s'est dégradé en quelques jours : il a perdu un tiers de son poids et peut à peine marcher. Je retrouve mes parents dans la chambre d'hôpital. Mon père est ravagé par la maladie. Mais je fais semblant. Nous faisons tous semblant.

L'admirable docteure qui s'est occupée de lui vient le « rassurer » en lui disant que la douleur s'estompera vite grâce à la morphine.

Elle me prend à part et me dit, très calmement les yeux dans les yeux : « C'est fini, je ne suis pas sûre qu'il passe la nuit… »

J'appelle ma sœur pour l'informer. Elle me dit qu'elle se tient prête à sauter dans un train pour nous rejoindre.

La nuit est terrible.

J'appelle l'hôpital toutes les heures pour prendre des nouvelles, qui ne sont pas bonnes.

Mon père finit par s'endormir et son état se stabilise vers 5 heures, heure à laquelle je pars pour iTélé, préparer et présenter la matinale. La direction de la chaîne fait preuve de bienveillance et a même demandé à un de mes collègues de se tenir prêt à me remplacer. Ce qui implique sa présence très tôt ce matin-là, car je scrute mon téléphone et sais que tout peut basculer à chaque instant.

Ce mois de mai, que je traverse comme un zombie, est traditionnellement le moment du « mercato télé », ce grand chassé-croisé des journalistes et animateurs radio/TV qui changent de crémerie. Pour moi, ce printemps 2016 rime avec départ.

Après trois ans à iTélé, qui n'est pas encore Cnews, j'ai décidé de quitter mes fonctions. Je ne me sens pas à l'aise avec les nouvelles orientations de l'actionnaire qui vient de prendre les commandes du groupe Canal+. Vincent Bolloré a pourtant eu la courtoisie de me recevoir il y a quelques mois et de m'assurer de sa confiance. Un entretien extrêmement chaleureux, où il a d'ailleurs été question de mon père. Le big boss m'avait questionné sur mes origines, je lui avais répondu que ma famille paternelle était normande et plus précisément de Dieppe. « Ah, mais je connais très bien Dieppe, j'y ai eu une usine, c'est une ville formidable ! » La digression durera près de vingt minutes, à ma grande surprise.

Je pars donc de la chaîne en bons termes, comme on dit, mais je n'imagine pas que les derniers jours cruciaux de mon mercato personnel vont coïncider avec les derniers jours de la vie de mon père.

Coups de fil urgents, déjeuners improvisés, mails envoyés au milieu de la nuit : rejoindre une autre chaîne, en l'occurrence France Télévisions, n'est jamais simple, c'est même une tempête que je dois gérer, entre deux allers-retours à l'hôpital et des rendez-vous avec les médecins qui me parlent de soins palliatifs.

Subitement, iTélé veut me retenir. Je rencontre les nouveaux patrons de la chaîne qui tentent de me convaincre de rester. Je leur explique que mon père est en train de mourir, que j'ai besoin d'un peu de temps. Je vois qu'ils compatissent mais ils ont la pression, eux aussi. Moins je réponds au téléphone, plus ils insistent. C'est très difficile à vivre.

Dans ce climat de fièvre médiatique, car les sites d'infos médias sont maintenant au courant et relaient mon départ probable, je vis des moments d'une rare intensité dramatique aux côtés de mon père.

Le jeudi, veille de sa mort, son frère Richard vient lui rendre visite. Il entre dans la chambre avec sa femme Catherine et découvre mon père extrêmement affaibli. C'est un choc.

Au bout de quelques secondes, mon père se met à pleurer. Cela me déchire le cœur. Il est ému de retrouver son frère, mais je pense bien sûr qu'il a conscience de lui parler pour la dernière fois. Il le remercie longuement d'être venu le voir.

Peu importent les mots, au fond il ne se dit pas grand-chose durant ces longues minutes, ce sont deux frères qui ont un an et demi d'écart qui se quittent, sans se le dire.

Je suis bouleversé. Mes jambes me soutiennent à peine. Mon téléphone sonne : « Bonjour Bruce, c'est Cyril Hanouna.

– Bonjour Cyril, je peux te rappeler dans une heure ? » Nous nous connaissons depuis quelques années, et entretenons d'excellentes relations.

Nous avons même failli travailler ensemble à plusieurs reprises.

Quand je le rappelle, je lui fais part des moments difficiles que je traverse. Il s'excuse de m'avoir dérangé. Mais il veut absolument me faire une contre-proposition, pour que je reste dans le groupe Canal. Je l'écoute et lui promets de réfléchir.

Je reviens dans la chambre. Mon père me demande d'aller lui chercher un soda dans une machine à boissons. Je lui rapporte un Schweppes Agrum'. Il se régale, ma mère n'en revient pas.

En réalité, ce soda lui donne un peu de fraîcheur, alors qu'il ne s'alimente plus depuis des jours et que tous ses organes sont métastasés.

Vendredi 27 mai.

J'ai une fois de plus présenté la matinale dans un état second. Je ne dors plus la nuit, j'attends d'être alerté par un coup de fil de l'hôpital qui m'annoncera la mort de mon père.

En quittant le studio de Boulogne, je me dirige vers Créteil et le CHR Henri-Mondor.

Il fait très beau et chaud.

Le docteur qui s'occupe de mon père me parle à nouveau de soins palliatifs et me dit que son dossier est en attente. Une place devrait se libérer le lundi suivant.

Ma mère est à son chevet. Nous parlons de tout, de rien. Une psychologue vient le voir. Que se disent-ils ? Évoque-t-il la mort avec elle ? On ne le saura pas.

En début d'après-midi, j'entre en contact avec ma future patronne, la directrice générale de France 5. Celle-ci m'annonce que mon transfert sera officialisé en fin de journée. Je suis soulagé car il m'était impossible de continuer à jongler entre les coups de fil tout en respectant la quiétude de la chambre d'un mourant.

Mon père a dit à ma mère, qui me le répète en mettant les formes : « Essaie de limiter les appels. » Je m'en veux, à cet instant, d'avoir pollué certains des moments que nous avons partagés pour une cause si dérisoire alors qu'il s'apprête à passer sa dernière nuit.

Nous quittons l'hôpital en fin d'après-midi, sous un soleil de plomb. Étrangement mon père semblait moins souffrir ce jour-là et paraissait surtout plus apaisé.

À 21 heures, le service de dermatologie où il est hospitalisé m'appelle. Son état s'est aggravé. Je finis de dîner avec ma femme et mes enfants sans rien dire, pour ne pas les affoler. Quelques minutes plus tard, je prends la direction de Créteil.

Commence alors la plus longue nuit de ma vie.

Le centre hospitalier Henri-Mondor est un immense vaisseau amiral, une barre de béton inaugurée en 1969. Les couloirs sont déserts au moment où j'y pénètre. Le silence m'effraie. Il me faut une dizaine de minutes pour rejoindre la chambre de mon père. La première chose que j'entends, la porte à peine ouverte, est son râle. J'essaie de lui parler, mais il est à moitié conscient. Je lui demande s'il souhaite que j'appelle ma mère.

« Non », répond-il. Ai-je bien entendu ? Je lui repose la question.

« Non ! » dit-il, cette fois plus fermement.

Je vais trouver les infirmières et le médecin de garde, qui m'accueillent avec beaucoup de gentillesse. Que peut-on faire ? Pas grand-chose pour l'instant.

Il a reçu une bonne dose de morphine en début de soirée. Il faut attendre.

J'installe une chaise près de son lit. Je tente à nouveau de dialoguer, mais il ne me répond qu'avec de longues et difficiles respirations. J'ai le sentiment que la lumière le gêne et vais l'éteindre. Nous sommes dans le noir. Je comprends que c'est la fin.

« Papa, est-ce que tu m'entends ? Est-ce que tu veux me dire quelque chose ? »

Toujours ce souffle rauque qui me répond. Il reste lui-même, jusqu'au bout. Ne jamais se plaindre, taire tout sentiment.

À cet instant je le revois heureux avec ses petits-enfants, jovial avec ses amis et ses enfants, amoureux enfin de ma mère. Mais toujours avec une distance. Ce besoin de ne pas être dans la lumière, de rester dans l'ombre, comme ce soir, dans cette chambre d'hôpital. Ce père qui peine à s'exprimer, d'ailleurs il lui arrivait régulièrement de bégayer. Il avait tant de mal à parler, ne serait-ce que quelques minutes au téléphone, qu'il avait déjà hâte que la conversation se termine. Ce père qui, je crois, ne m'a jamais pris dans ses bras, et ne m'a jamais dit

« je t'aime », j'aimerais lui dire maintenant que je lui dois tant, que je ne veux pas qu'il s'en aille. Peut-il encore m'entendre ?

Il est plus de minuit, je sors quelques instants pour appeler ma sœur. Je ne lui cache rien de l'extrême gravité de la situation. Elle reste suspendue à mes appels, à l'autre bout de la France.

Je retourne voir les infirmières pour leur dire que mon père souffre énormément. Elles reviennent avec un médecin, qui l'ausculte longuement. Il ne parle plus. L'une des soignantes lui fait une piqûre avant de quitter la pièce. Sur le moment, je n'y fais pas attention.

Je me retrouve à nouveau seul avec mon père. Il respire mal. Et le temps s'écoule. Mais son souffle est de moins en moins profond, il s'agite moins.

Qu'y avait-il dans cette seringue ? On ne m'a rien dit. Est-ce une forme d'euthanasie qui vient d'être pratiquée ? S'agit-il de morphine ? ou d'une autre substance ?

Après tout, pourquoi pas ? Personne ne mérite de souffrir autant et je sais qu'il est condamné. Mais j'aurais aimé être informé par l'équipe soignante de la nature du produit. Et de ses conséquences. Je me lève, cette fois, pas de doute, sa respiration devient plus régulière, et son visage est moins marqué par la douleur.

Debout devant son lit, je lui parle :

« Papa, laisse-toi aller, laisse-toi partir, c'est le moment, tu ne peux plus rien faire, lâche prise. »

Je parle sans interruption, calmement, mais assez fort pour qu'il m'entende. Est-ce le cas ? Je n'en sais rien.

Je dis à mon père qu'il doit partir. Mourir. Pour abréger ses souffrances.

Soudain, je sens, du plus profond de mon corps, monter des larmes. Enfin, je suis submergé par d'énormes sanglots.

Je pleure comme le petit garçon que je suis bel et bien redevenu à cet instant. Épuisé, je finis par me rasseoir. J'éteins à nouveau la lumière. Et je guette désormais les respirations de mon père, qui ont commencé à se raréfier. Il vit au ralenti, et moi-même j'ai du mal à respirer. Je me surprends à compter les secondes entre chacun de ses souffles. Il ne bouge plus. Dans cette obscurité quasi totale, j'ai le sentiment que la fenêtre s'ouvre et que la mort s'engouffre dans la chambre pour prendre possession de son corps.

Je compte à nouveau.

12, 13, 14, 15 secondes. Il respire à nouveau.

C'est la dernière fois.

16, 17, 18...

25, 26, 27...

40, 41, 42...

1 minute.

2 minutes.

Je me lève doucement. J'ai cessé de sangloter. Mon père ne vit plus.

Il est 3 heures. J'attends quelques instants, un miracle, un sursaut. Puis je sors de la chambre pour aller chercher les infirmières, d'un pas lent.

« Pardon, je crois que c'est fini. »

Elles entrent dans la chambre, prennent le pouls qu'elles ne trouvent pas. Et confirment le décès. Je regarde mon père une dernière fois.

Je demande ce que je dois faire, je suis un peu perdu.

« Je dois signer quelque chose ? Remplir un formulaire ?

– Rien, on va s'occuper de tout. »

Vider la chambre, transférer le corps à la morgue de l'hôpital, et préparer les lieux pour un futur patient.

Voilà.

3 h 10, je quitte la chambre. Je n'en veux pas à ces infirmières qui sont là pour soigner des malades. Mais c'est un peu raide.

Rien n'est fait à cet instant pour celui ou celle qui reste. En tout cas rien n'a été fait pour moi.

Si, on m'a parlé doucement, en penchant la tête. Point barre.

J'appelle ma sœur, puis ma femme. Et je traverse l'hôpital endormi, pour regagner ma voiture.

Je me perds dans les dédales d'Henri-Mondor. Certains couloirs sont fermés la nuit. Je mets près d'une demi-heure à sortir de ce labyrinthe, dans un état second.

En montant dans ma voiture, je sais qu'une mission très difficile m'attend : annoncer à ma mère la mort de son mari.

Il faut une vingtaine de minutes pour effectuer le trajet Créteil-Marcoussis. Je ne suis pas pressé.

Au cœur de la nuit, ma mère dort, le temps est suspendu.

Avec ma sœur, au téléphone, nous nous interrogeons : et si j'attendais le petit matin pour la prévenir ? Mais je suis déjà en route.

J'allume la radio. Nostalgie, bien sûr. Ma radio préférée, je suis un fan de chanson française et de vieilleries en tout genre. Il fait chaud, je roule vitres baissées, comme pour reprendre l'oxygène qui vient de faire défaut à mon père.

Me voilà garé devant le petit pavillon de banlieue où j'ai passé mon enfance et mon adolescence. Il est un peu plus de 4 heures du matin. Comment dire cette chose-là ? Quels mots utiliser pour dire à ma mère que l'homme de sa vie a disparu ?

Je l'appelle au téléphone.

« Allô ?

– C'est moi, je suis en bas, peux-tu venir m'ouvrir ?

– Que se passe-t-il ?

– Viens ! »

Quelques secondes plus tard, la porte s'ouvre, ma mère me regarde et me pose à nouveau la question…

Je lui réponds : « Voilà, c'est fini. »

Elle ne comprend pas. Ou n'y croit pas. Ma mère a développé tout au long de ces mois de maladie un déni extraordinaire. À aucun moment elle n'a voulu croire que la maladie emporterait mon père. Elle s'est accrochée à un espoir fou, et même quand la situation était critique elle n'a rien voulu voir.

« Mais enfin, maman, tu as bien vu que ces derniers jours il ne s'alimentait plus, et n'était plus soigné.

– Oui, mais je croyais qu'on allait le sauver. »

Nous sommes debout dans le salon. Je la prends dans mes bras. L'étreinte ne dure que quelques secondes, elle est tout à sa propre douleur.

J'aimerais tant que ma mère me console, qu'elle me donne son amour, mais elle en est incapable. Sans doute pour la première fois de sa vie. Et c'est moi qui tente en vain d'atténuer son chagrin, comme elle l'a fait tant de fois lorsque j'étais enfant.

Je me rends, presque sans réfléchir, dans la cave de mon père. Je prends une bouteille de rhum, et me sers un verre presque à ras bord. Cul sec !

Ma mère me regarde, interloquée. J'avais envie de ce remontant. Nous passons quelques coups de fil à nos proches.

Et puis, vers 6 heures du matin, je finis par m'endormir, en disant à ma mère qu'elle peut me réveiller à tout instant, si elle en éprouve le besoin.

J'émerge vers 9 heures.

Ma mère est dans la chambre d'à côté, je l'entends parler au téléphone. J'attrape mon portable et découvre une flopée de sms : « Bravo ! »

« C'est génial !! »

« Quelle chance ! »

« Tu vas cartonner »

Le Parisien annonce, dans son édition du jour, mon arrivée sur France 5, pour reprendre avec mon amie Caroline Roux l'émission mythique du service public *C dans l'air*.

Mes amis, les plus matinaux, du métier, qui me congratulent, ne peuvent pas se douter que mon père est mort dans la nuit.

Je me sens agressé par ces messages.

J'ai appris à mon père, juste avant son décès, que j'allais reprendre ce programme de télévision. Il en était très fier.

Je repense à son incroyable naissance…

Le 20 novembre 1947, l'Angleterre et le monde se passionnent pour un couple de jeunes mariés. Elizabeth, qui n'est pas encore reine, épouse Philip à l'abbaye de Westminster. La BBC retransmet l'événement en direct.

De l'autre côté de la Manche, dans le port de Dieppe, les clients du café-restaurant La Providence sont-ils intéressés par le mariage de la future souveraine ? Pas sûr.

Depuis la fin de matinée, la belle-fille de la maison, tout juste âgée de vingt-deux ans, a des contractions. Elle a quitté le service du bar pour monter se reposer au premier étage. Tout le monde s'inquiète. À juste titre, car l'accouchement est prévu trois mois plus tard.

Dans l'après-midi, ma grand-mère, Colette Toussaint, donne naissance à un nourrisson qui pèse à peine « trois livres », comme on dit à l'époque. 1,4 kg…

Il n'y a rien pour accueillir cet enfant arrivé bien trop tôt. Alors on le couche dans une boîte à chaussures tapissée de coton.

L'accouchement a été difficile. La jeune maman est à peine consciente. Le bébé respire mal. Son rythme cardiaque est très faible. Il ne pleure pas. Le médecin ne cache pas son pessimisme.

« Cet enfant a peu de chances de survivre. »

À quelques années près, on l'aurait mis dans une couveuse. Des soignants se seraient relayés jour et nuit pour le sauver. Mais là, c'est le destin qui va décider. La Providence, puisque c'est le nom de ce restaurant tenu par mes arrière-grands-parents. Que fait-on en 1947, loin des grandes villes et des hôpitaux, pour qu'un nouveau-né survive ? On prie. Le curé est appelé en renfort. Il pratique l'ondoiement. Un baptême express, pour les nouveau-nés qui risquent de mourir.

La famille défile. Les présents enchaînent les Notre Père et les Je vous salue Marie. On n'entre dans la pièce qu'en possession d'un chapelet. Les heures passent, toujours aucune amélioration. L'enfant est en sursis. Le médecin revient en début de soirée. Il annonce aux parents que c'est le moment de vérité. Si à minuit le bébé ne pleure pas, alors ce sera terminé. On s'active autour de la boîte à chaussures.

Ma grand-mère, qui a repris quelques forces, est en larmes. Son enfant. Son premier enfant, dans cet après-guerre où tout redevient possible, va-t-il vivre ?

Selon la légende familiale, à minuit pile l'enfant pousse son premier cri.

Né après six mois de grossesse seulement, le petit garçon grandira normalement. À l'âge adulte, il mesurera 1 mètre 86.

Il respire. On respire. Il faut maintenant déclarer ce rescapé à l'état civil.

Et voilà qu'éclate une affaire de prénom. Ma grand-mère veut absolument l'appeler Philippe. C'est le prénom à la mode pour les baby-boomers. Et c'est aussi celui du duc d'Édimbourg, qui vient de se marier avec Elizabeth. Philippe Toussaint. Pas mal !

Mon grand-père se rend à la mairie de Dieppe, déclare l'enfant. À son retour, ma grand-mère découvre une véritable machination.

Pas de Philippe sur les papiers d'identité, mais un Jean-Claude. Son mari a visiblement suivi les recommandations de ses propres parents, qui avaient une autre idée en tête. Scandale !

La mère du bébé menace de partir, mais il est trop tard... Jean-Claude Émile Armand Toussaint est né le 20 novembre 1947, selon l'État français.

Il respirera pendant soixante-huit ans.

Décidément, cette histoire de respiration me poursuit.

Quelques semaines après le décès de mon père j'ai les honneurs du portrait de la dernière page de *Libération*, pour mon arrivée à *C dans l'air*.

Ma vie publique et ma vie privée n'en finissent plus de s'entrechoquer. C'est un exercice particulier. Il faut se livrer pendant plus de deux heures à quelqu'un qu'on ne connaît pas du tout. Et qui peut avoir la dent très dure. C'est la règle du jeu. Je redoute cet article. Certains de mes confrères en ont fait les frais.

Mon amie Marie, qui a créé cette page Portrait il y a près de trente ans, me conseille de ne pas chercher à jouer un rôle et de répondre sincèrement aux questions posées.

Je sais aussi que le journaliste va avoir la tentation de raconter les coulisses de l'entretien. Je prends donc soin de me garer à plus d'un kilomètre du restaurant où nous avons rendez-vous.

Je roule, à l'époque, dans un énorme 4x4, et j'ai peur de devoir justifier un achat peu écolo et assez mal vu dans un quotidien comme *Libé*. Ma passion des voitures, héritée de mon père, sera la seule cachotterie de l'interview. Mais sans avoir besoin de mentir, puisque la question ne me sera pas posée.

Il fait quarante degrés ce jour-là à Paris. Ce n'est pas la température idéale pour ce face-à-face.

Le journaliste écrit, à mon sujet :

« Il cherche de l'air, et par sa stature imposante, son mètre quatre-vingt-treize, si ce n'était son air doux, il ressemblerait presque à ces mafiosi qui, dans leur restaurant et devant un plat de pâtes, décident de lancer une vendetta. Il transpire, nous aussi. »

L'entretien se déroule pourtant bien. Avec un questionnement intelligent, et soudain une référence à la religion. Ce brusque rappel à mon athéisme me renvoie aux obsèques de mon père.

Naturellement, j'évoque ce souvenir. Sans chercher à faire du pathos.

Le journaliste conclut son papier ainsi : « À ce moment de l'entretien, sa voix est un peu moins assurée et la chaleur se rappelle à nous, dans tout son étouffement ».

Titre du portrait ?

« Un peu d'air ».

Le samedi 28 mai, un déluge s'abat sur Paris et l'Île-de-France. La veille encore, c'était l'été.

Mon père est décédé il y a quelques heures, mais ma mère ne veut pas perdre de temps. Il faut, dit-elle, organiser les obsèques au plus vite. Elle déteste ces cérémonies d'adieux qui se sont multipliées dans la famille.

Il y a d'abord eu l'enterrement de son frère en 1972, tué dans un accident de voiture, alors qu'il avait tout juste dix-huit ans. Une famille détruite et un village traumatisé. C'était le 1er janvier. Ma mère était en vadrouille avec mon père. Ils n'ont appris la nouvelle qu'au bout de trois jours. C'était l'époque où on lançait des appels à la radio, à la fin des flashes info : « M. et Mme Untel habitant Montluçon sont priés de contacter au plus vite leur famille. » Mais aucun de ces messages n'était arrivé jusqu'à eux.

Puis, la mort de son père, terrassé par une crise cardiaque à soixante ans à peine, en 1981.

Cette meilleure amie, Élisabeth, fauchée par un infarctus, à l'âge de quarante-trois ans. Laissant derrière elle deux petites filles que ma mère a élevées comme si elles faisaient partie de la famille. Trop de funérailles, trop de larmes.

Alors, pour mon père, nous ne traînerons pas. Ce samedi, en début d'après-midi, après avoir récupéré ma sœur gare de Lyon, nous entrons dans un magasin de pompes funèbres, à Longjumeau. C'est immense.

La marque Roc Eclerc claque sur la devanture. On dirait un concessionnaire automobile.

Avec un vaste espace consacré aux plaques funéraires et autres objets qu'on retrouve sur les tombes et un slogan publicitaire tout en finesse : « Parce que la vie est déjà assez chère. »

La dame qui nous reçoit nous propose de réaliser un devis. Comme si nous venions pour des travaux… Elle s'adresse à nous d'une voix douce ; c'est une professionnelle.

Très vite, nous devons faire le choix du cercueil. Pour moi, qui ai dormi à peine trois heures et suis encore sous le choc, c'est trop.

Ma mère et ma sœur entrent donc dans une pièce où sont exposées les boîtes. Je reste à l'extérieur et consulte le catalogue. Chaque modèle porte un nom propre : le Rambouillet en bois clair, le Richelieu, plus foncé, mais peut-être un peu trop solennel, le Cluny chêne, très chic, et le Cluny laqué blanc, très bling, pour une clientèle de rappeurs peut-être.

Lorsqu'elles reviennent, elles semblent satisfaites. Ma sœur me raconte qu'il y a des options inattendues : tirefonds, plaque, croix, ouate...

Nous resterons plus d'une heure sur place.

Ça n'en finit pas... Nous sortons enfin, avec en poche un devis de 6 500 euros.

Ma mère annonce qu'elle veut faire une étude de marché, elle n'est pas totalement convaincue. Il pleut de plus en plus fort, et nous voilà partis pour une improbable tournée des croque-morts de l'Essonne.

L'établissement le plus proche de la maison sera finalement l'heureux élu. Une boutique sobre à Montlhéry dans laquelle officie une dame un peu raide tout droit sortie d'un film de Claude Chabrol, avec son chignon et son tailleur d'un autre temps. Mon enveloppe corporelle est là, mais je me sens ailleurs.

En apesanteur, j'écoute ma mère répondre à nouveau longuement aux mêmes questions : le cercueil, le capitonnage, les couronnes, les fleurs.

Les fleurs, un dilemme pour nous ! Mon père n'en voulait pas.

Un long débat commence. Faut-il autoriser les fleurs à l'enterrement et renoncer aux souhaits du défunt ? La dame des pompes funèbres nous donne son avis de professionnelle :

« C'est triste s'il n'y a pas de fleurs. »

Ma mère finit par trancher : « Les gens feront ce qu'ils voudront. »

Ce qui est une manière de ne pas trancher.

Tout s'enchaîne assez vite. Même le choix du cercueil, pourtant stratégique au niveau de l'expérience client. Je vois le visage de ma mère qui se détend enfin.

Aurait-elle trouvé un peu d'apaisement après ces longues heures tragiques ? Elle me donne un coup de coude et me montre discrètement l'addition. L'écart est énorme avec les précédents devis. Presque deux mille euros de moins ! Petit clin d'œil. Elle est fière de son coup. Elle qui aime faire de bonnes affaires, elle a retrouvé un peu goût à la vie.

On vérifie tout de même que rien ne manque. Et elle ne peut s'empêcher de faire remarquer à la dame que son devis est plutôt bon marché.

« Ah oui, vous avez dû aller chez Roc Eclerc, avant », lui répond celle-ci avec ironie.

Amen.

Le jour de l'enterrement, je me rends d'abord à l'hôpital Henri-Mondor, pour la levée du corps. Une expression absurde…

J'ai quitté mon père cinq jours plus tôt dans sa chambre, au service dermatologie. Je le retrouve dans un local d'une froideur glauque. Juste avant, j'ai été accueilli par le croque-mort. Celui que je retrouverai cinq ans plus tard, aux obsèques de ma mère.

Hervé exerce ce job depuis une vingtaine d'années. Il a la diction lente des gens du métier et un volume sonore tout aussi adapté.

Il m'introduit dans la pièce qui peut accueillir plusieurs corps à la fois, dans des box.

Je remarque d'abord une petite musique diffusée par des haut-parleurs. Je n'arrive pas à l'identifier, ça ressemble à une bande-son d'ascenseur ou à ce que l'on entend dans certains restaurants chinois. C'est insignifiant mais ça me gêne tout de suite.

Il ouvre deux portes battantes, mon père est là, dans le cercueil capitonné que ma mère et ma sœur ont choisi.

Habillé d'un costume bleu marine, qui lui donne un air endimanché. Il est maquillé, cela me frappe.

Les yeux clos évidemment. Mais ce n'est pas son visage…

Mon beau-frère, le mari de ma sœur a eu la gentillesse de m'accompagner, il est bouleversé. Et maintenant ? Rester là comme ça, pour me recueillir ?

Je n'y arrive pas. Je ne reconnais pas ce corps. Ce n'est pas mon père qui gît là. Je le regarde une dernière fois et quitte la pièce. J'ai dû rester moins de deux minutes.

Qu'y a-t-il après la mort ? Chacun a sa réponse. Pour moi ? Il n'y a rien.

La vie de mon père s'est arrêtée ce samedi matin à 3 heures. Ce cadavre que je viens de voir m'est étranger.

Pourtant, la culpabilité m'étreint. Suis-je insensible à la mort de mon père ?

Cette pensée m'effraie, je veux la chasser. Alors je vais voir Hervé. Je le bombarde de questions comme un journaliste qui enquêterait sur son drôle de boulot. Il me raconte qu'il en voit « de belles dans son métier ». « Tiens, vous savez, m'sieur Toussaint, qu'il y a des gens qui volent des objets dans les cercueils ? »

Je le regarde interloqué.

« Mais oui, j'ai vu des membres de la famille voler des montres sur des défunts, ou même des objets plus intimes qui avaient été placés sur le corps. » J'essaie d'imaginer la scène, je me demande quels types d'objets intimes, mais je n'ai pas le temps de réfléchir car Hervé est en confiance. Il a envie de parler, et moi de l'écouter. « Vous savez pourquoi on est venu avec deux corbillards ?

– Euh, non.

– Parce que si le premier tombe en panne, le deuxième prend le relais. C'est la règle. » Logique Hervé !

Ce jour-là, ce n'est pas une panne qui nous menace, mais des routes barrées. Il a tellement plu que des inondations historiques ont eu lieu en Île-de-France. La Seine et ses affluents débordent. C'est du jamais vu à cette époque de l'année. Plusieurs communes de l'Essonne sont sous l'eau. Et la circulation est très difficile. L'un de mes amis mettra plus de quatre heures pour revenir de Marcoussis et rejoindre les Hauts-de-Seine. Nous arrivons néanmoins sans trop de difficulté devant l'église. Quelques dizaines de personnes se sont rassemblées.

Ma mère est à l'ouest, comme on dit, encore groggy.

Elle si coquette porte un improbable pantalon à pois. La cérémonie commence. Je suis le premier à m'avancer pour dire quelques mots. Je ne sais pas encore que je vais devenir un quasi-professionnel de l'oraison funèbre parentale...

« Tout commence le 20 novembre 1947, au premier étage de l'hôtel-restaurant familial tenu par mon arrière-grand-père Émile Toussaint, à Dieppe. Un bébé qui survit, et qui se distingue tout de suite par une incroyable envie de vivre.

Je ne sais pas à quoi ressemblaient les journées dans ce resto routier dans les années cinquante. Il faut dire que papa n'était pas un grand bavard... pas du genre à s'épancher ou à saouler tout le monde avec ses souvenirs.

Sur les photos en noir et blanc, il semble heureux. Je crois savoir que l'école n'était pas sa grande passion. Mais il décroche son certificat d'études en juin 1961.

Entre-temps, la famille a déménagé à Asnières. Il y rencontre son copain de toujours, Pierrot, qui est avec nous aujourd'hui et qui est devenu mon parrain.

Jeune homme, papa se prend de passion pour les voitures. Il caresse le rêve de devenir pilote automobile, au volant de sa R8 Gordini. Cet amour des bolides ne le quittera jamais. J'ai une pensée aujourd'hui pour le concessionnaire Alfa Romeo de Montlhéry qui a perdu l'un de ses meilleurs clients.

Revenons à sa jeunesse.

Il a vingt ans. Un certain mois de mai approche. Ce printemps-là, il va le vivre sous les drapeaux. Loin des pavés. Dix-huit mois au total dans l'armée de l'air.

Ensuite, il faut trouver un boulot, ce sera dans le domaine de l'informatique, et avec une fidélité sans faille : quarante ans dans la même boîte. Nous arrivons au 14 juillet 1971. Un bal populaire, quelque part dans Paris. Les flonflons, la fête. Et une jeune provinciale, qui n'est pas encore ma mère, s'adresse à lui, sans le ménager : « Toi le Parisien, j'imagine que tu ne sais pas danser ? »

Quand on connaît le goût très limité de papa pour les dance floors, on peut se dire qu'il avait très envie d'impressionner la demoiselle, car il ne s'est pas démonté et s'est retrouvé sur la piste.

Une merveilleuse histoire d'amour débute alors.

Mes parents nous ont toute leur vie montré l'image d'un couple uni, fusionnel.

Ils se marient à l'été 72. Chez maman, en Dordogne.

Ce Périgord qui deviendra sa terre d'adoption et dont il aimait tant les couleurs, les parfums, les reliefs et la gastronomie.

Sur les photos des années 1970, on peut voir papa très jeune, très mince, avec une énorme barbe. J'ai retrouvé un cliché où il me porte dans ses bras, je dois avoir deux ou trois mois, on se regarde tous les deux, je garde cette photo près de moi depuis samedi.

Je me souviens très bien de la naissance de ma sœur Jennifer. C'est lui qui est venu me l'annoncer, dans mon lit, au petit matin. J'avais dormi chez mes grands-parents cette nuit-là. J'avais sept ans.

Il a été un père formidable. Toujours juste et à l'écoute.

Généreux.

Et un grand-père formidable.

Je pourrais parler de lui encore des heures. Raconter mille histoires. Qu'il m'a emmené pour la première fois de ma vie au Parc des Princes, le 8 novembre 1987, pour un choc Paris-Marseille.

Qu'il m'a toujours soutenu dans la vie.

Qu'il était aussi patient et calme que ma mère est survoltée et excentrique.

Je peux dire que nous, on sait depuis longtemps que les contraires s'attirent !

Et puis, je pourrais dire enfin qu'il nous a transmis un certain nombre de valeurs à ma sœur et à moi.

La gentillesse, la bienveillance.

La loyauté, la fidélité. À sa femme, à ses amis.

Le travail, l'idée que rien n'est gratuit, rien n'est gagné d'avance.

Et enfin le courage. Comme il nous l'a démontré de façon exceptionnelle ces dernières semaines et ces derniers jours face à la maladie.

Nous sommes réunis aujourd'hui pour lui dire au revoir.

Par ce temps de Toussaint, bien sûr.

Pour ne jamais l'oublier.

Pour soutenir maman qui vit des heures difficiles.

Mais comme disait García Lorca : "Rien n'est plus vivant qu'un souvenir." »

Je retourne m'asseoir. C'est le tour de mon oncle de prendre la parole, puis de mon parrain. Mes enfants, Lola et Noé, viennent enfin lire des textes. Des notes de piano résonnent maintenant dans l'église. Et c'est la voix de Véronique Sanson qui surgit :

Il manque quelqu'un près de moi
Je me retourne, tout le monde est là
D'où vient ce sentiment bizarre que je suis seul
Parmi tous ces amis et ces gens qui ne veulent
Que quelques mots d'amour

J'ai l'impression que les mots et la mélodie de Michel Berger ont été écrits spécialement pour ce drame que nous vivons. Le cercueil traverse à nouveau l'église. Je reste là.

Je t'envoie comme un papillon à une étoile
Ces quelques mots d'amour

Je ne pourrai plus jamais écouter cette chanson.

En revanche, il y a un autre morceau qui me touche depuis toujours, une chanson qui nous ressemble.

Chaque fois que j'écoute « Les vacances au bord de la mer » de Michel Jonasz, je me laisse aller à rêver que ce texte, signé Pierre Grosz, s'inspire de mon enfance !

Avec mon père, ma sœur, ma mère…

C'est vrai qu'on ne roulait pas sur l'or.

Ces deux semaines de vacances, mes parents se saignaient toute l'année pour se les offrir. À

Argelès-sur-Mer, ou à Biscarosse. Dans une petite maison, loin de la plage.

Alors, on regardait les bateaux, on suçait des glaces à l'eau...

Et on était surtout ensemble, tous les quatre.

Pas question de partir avec des amis ou de la famille.

Mon père et ma mère avaient besoin de sacraliser ce moment.

Comme pour nous rappeler que nous étions indissociables, invincibles aussi, malgré les fins de mois difficiles.

On avait le cœur un peu gros, mais c'était quand même beau...

Le cimetière de Marcoussis est au milieu des champs.

Nous y arrivons en petit comité, quelques minutes après avoir quitté l'église. C'est le moment le plus pénible de cette longue journée. Le cercueil est porté par les agents des pompes funèbres.

Hervé nous guide dans un protocole qui me semble artificiel mais qui s'impose puisque, face à l'émotion, personne n'ose prendre la moindre initiative.

Après un premier moment de recueillement collectif, il invite chacun à venir saluer la tombe. Ma mère s'approche, mais elle est saisie d'une douleur insupportable. C'est trop pour elle. Elle s'écroule, nous la retenons. Elle veut partir.

Cela ne figure pas dans la marche à suivre. Mais pas question de lui infliger ce supplice plus longtemps.

Elle nous avait prévenus : « Je ne tiendrai pas au cimetière. » Tandis qu'elle s'éloigne, portée par deux amis, nous reprenons le rituel.

Les sanglots percent le silence étouffant. J'ai dit à mes enfants de ne pas venir, je ne le regrette pas. C'est un calvaire. Les derniers passent devant la tombe.

Il est temps maintenant de faire descendre le cercueil. Nous repartons, quasiment sans dire un mot, et nous nous retrouvons chez ma mère, pour un ersatz de réception.

Mon père n'en voulait pas, ma mère est tellement choquée qu'elle aimerait être couchée… Mais tous ces gens ont fait parfois jusqu'à huit cents kilomètres pour certains, il faut bien les accueillir.

Ces moments de retrouvailles après des obsèques sont surréalistes.

On fait semblant de tout. De sourire, de parler. Nous avons prévu une collation : boissons variées, petits-fours sucrés. Mais c'est un passage obligé.

Et je reconnais que je suis heureux de passer quelques instants avec celles et ceux qui ont fait l'effort de traverser le pays pour nous soutenir.

Mon parrain est là. J'ai une tendresse infinie pour lui. Pierrot est le copain d'enfance de mon père. Ils se sont connus à dix ans à peine dans une cité d'Asnières. Lui au cinquième étage, mon père au quatrième. Il a prononcé un très beau discours à l'église. Je ne le vois pas souvent, il vit en Haute-Savoie. Mais je redeviens un enfant quand j'ai la chance de le retrouver et d'écouter sa voix si particulière, un peu chevrotante. J'aime beaucoup sa femme, Annick, également. Les avoir près de nous est le seul rayon de soleil de cette journée épouvantable.

Je m'endors épuisé. Demain, je me lèverai un peu avant 5 heures pour aller présenter la matinale d'iTélé.

Ceux qui restent

Écrire ce texte m'a confirmé ma totale impréparation au décès de mon père puis de ma mère. Et je m'interroge encore sur le moyen de se préparer à ce moment, la meilleure (ou la moins mauvaise) manière de traverser ces jours qui mènent jusqu'aux obsèques, et surtout la possibilité de faire son deuil.

Bien sûr, tout dépend de la relation que l'on entretient avec ses parents, si on est éloigné ou très proche, leur âge compte aussi. Certains de mes amis ont perdu leurs parents alors qu'ils avaient une vingtaine d'années. C'est une horreur.

Mais pour la plupart, c'est une douleur qui ne s'éteint pas.

Le lendemain des obsèques de mon père, j'avais donc repris la matinale d'iTélé, mon invité était le philosophe Bernard-Henri Lévy. Mon équipe lui avait signalé le drame que je venais de vivre, il avait eu l'élégance de me faire part de son soutien, et très vite il avait enchaîné en me parlant de son propre père. « Je l'ai perdu il y a dix ans, et je ne m'en suis toujours pas remis. » Sur le coup, et malgré la sympathie sincère que j'éprouve pour lui, j'avais pris cela pour une formule de courtoisie.

Je ne me doutais pas que non seulement il avait raison, mais qu'en réalité, pour ceux qui restent, débute un long voyage fait de souffrance, de mélancolie, et parfois aussi de colère et d'amertume.

D'abord, c'est une douleur, au sens propre du terme. Quelque chose qui s'empare de votre corps, et qui gangrène tous vos membres, et tous vos sens.

J'ai eu mal, physiquement, les deux fois. Mal au ventre, au point de ne pas manger pendant quelques jours, ce qui, chez moi, est le stade ultime de la décrépitude. Mal à la tête, mal au dos. Mon corps n'avait plus de forces.

Puis, arrive ce que j'appelle les vagues de tristesse. Au milieu d'une activité banale, un objet, une chanson à la radio, une silhouette dans la rue provoque soudain une rechute. Techniquement, j'ai ressenti et je ressens encore cet insoutenable regain de chagrin qui me gagne et me désespère.

Et puis, peu après la mort, est venu le temps des regrets. Pourquoi n'ai-je pas davantage profité de mon père et de ma mère ? En passant plus de temps avec eux, bien sûr, et en les questionnant encore plus sur leur enfance, leur adolescence, leur passé tout simplement.

Aujourd'hui, je ne sais pas, et je ne saurai jamais vraiment ce qu'ils ont vécu avant ma naissance, au-delà de quelques souvenirs glanés.

En vidant la maison familiale, ma sœur a retrouvé des lettres datées de 1975.

J'ai un an et demi. Ma mère est partie quelques jours chez ses parents en Dordogne. Mon père prend la plume.

« Ma chérie,

Nous sommes mercredi et ça passe tout doucement. Je suis rentré vite pour lire ta lettre et je suis très heureux de savoir que je te manque. Je crois que rien ne pourra jamais nous désunir. Nous sommes malheureux séparés, nous nous aimons et nous formons un couple parfait même si parfois il y a des petits heurts.

Les autres ne savent pas ou ne s'aiment pas.

Maintenant, je te raconte : hier soir, je suis allé chez ta sœur et cela s'est très bien passé. Ils étaient charmants. J'ai mangé une pizza et une sole (c'était très bon).

Ce soir, je vais chez mes parents, demain aussi.

Vendredi, je quitterai le travail à 16 heures, et je viendrai te retrouver.

Je vais poster cette lettre et je me dis que ça va passer plus vite, maintenant, car en me réveillant demain, jeudi, il ne restera plus qu'une journée avant de venir jusqu'à toi.

Je t'embrasse fort, fort, fort. »

Alors, trois fois « fort » ? Comme dans « Le télégramme » le sketch d'Yves Montand et Simone Signoret. Montand y répète trois fois « Je t'aime » à la destinataire du fameux télégramme.

Je reconnais les pattes de mouche de mon père. Et je suis bouleversé par ces mots d'amour si puissants.

La réponse de ma mère n'est pas moins émouvante :

« Mon chéri,

Ta lettre, ce matin, m'a fait très plaisir, c'est un peu de toi qui arrivais. Tu sais, ici, les heures sont longues, surtout avec Bruce qui est très grognon.

Hier après-midi, j'ai fait une promenade, le temps était splendide, mais aujourd'hui il pleut.

J'ai commencé mon régime depuis hier. Tu vas être content, tu auras une jolie pin-up cet été.

Dors-tu bien ? As-tu froid ?

Moi, ce sont surtout les soirées qui me semblent interminables et je ne parle pas de l'instant où il faut que je me couche, le lit vide et froid, sans tes bras, tout ceci n'est guère plaisant.

Surtout chéri, sois prudent, je préfère que tu arrives plus tard mais fais très attention, surtout entre Limoges et Rouffignac.

Quoi te dire de plus, la vie, ici, tu la connais. Je tricote un débardeur pour notre fils, tu verras, il est très beau.

Tu sais, quand tu n'es pas là, tout semble vide et sans signification.

J'attends ta lettre qui me permet de patienter.

Je t'envoie plein de bisous et je te serre dans mes bras par la pensée.

Ta femme »

Quelle émotion de lire ces lettres quarante ans plus tard et d'avoir la confirmation de la passion qui unissait ces deux êtres. Jusqu'à ce que la mort les sépare.

En vérité, ma mère ne s'est jamais remise de la disparition de mon père.

Elle, si vivante, a enchaîné les pépins de santé. Une opération du genou qui tourne au fiasco après une mauvaise manipulation et la voilà de nouveau sur le billard, pour un résultat très moyen. Elle qui s'était battue avec un acharnement extraordinaire pour que sa fille ne boite pas se retrouve avec un tibia qui craque et ne peut plus la porter.

Et puis, il y a l'épreuve des deux cancers. Sans la présence, et l'amour de ses enfants et surtout de ses petits-enfants, aurait-elle continué à vivre pendant ces cinq longues années ? Rien n'est moins sûr. Sans mon père, il lui manquait un poumon, un rein... une raison de vivre.

Et les autres, dans tout ça, les amis, la famille, peuvent-ils nous aider, nous consoler ? C'est peut-être un peu injuste, mais je crois que l'on ne peut affronter le deuil que seul. Avant, on recevait des lettres de condoléances. J'en ai reçu quelques-unes mais pour l'écrasante majorité, on adresse désormais des sms.

Pour être honnête, rien n'est plus ardu que de vouloir réconforter une personne endeuillée. Quelle formule utiliser ? Quels mots choisir ? Y a-t-il un message idéal ?

Dans ce genre de situation, où le ciel vous tombe sur la tête, on apprécie d'être pris en compte, consolé, chouchouté. Mais attention à ne pas trop en faire.

(Mauvais) exemple : « Mon ami, tu dois être au fond du trou, quelle horreur, c'est affreux, mais comment vas-tu faire maintenant, tout est foutu. Je t'embrasse fort. » Si le SMS consiste à vous rappeler que l'on est au plus mal, ce n'est pas la peine. On est déjà au courant.

Ce n'est que mon avis, mais je n'aime pas non plus ces messages où l'on vous dit en somme : ça va aller.

« La vie est plus forte que tout. On a vu souvent rejaillir le feu d'un ancien volcan qu'on croyait trop vieux. Le meilleur est à venir. Allez, on se rappelle. »

Plus rare, mais tout aussi décalé, la personne qui ne parle que d'elle-même.

« J'ai perdu mon chat la semaine dernière, ç'a été une sacrée épreuve. Je pense que j'ai vécu les pires journées de ma vie. Mais aujourd'hui, ça va mieux. Gros bisous. » En réalité, chaque message, même maladroit, fait chaud au cœur.

Ce qui m'a particulièrement touché, c'est de recevoir des textos de personnes que je n'avais pas vues depuis longtemps, et dont j'ai senti, parfois en quelques mots, qu'elles partageaient mon émotion. Ensuite, ce qui m'a bouleversé, c'est le souvenir de ma mère ou de mon père à travers des textes leur rendant hommage. Un ami proche m'écrit :

« Je me souviens de ta maman, de son regard pétillant, de son énergie, et de cette façon bienveillante qu'elle avait de briser instantanément la glace en mettant à l'aise les personnes qui l'entouraient. Elle avait la qualité du tempérament, c'était une nature. Généreuse aussi, elle m'avait proposé du boulot pour arrondir à l'époque mes fins de mois inégales. »

Quel bonheur de lire ces quelques lignes.

Et puis, il y a l'émotion de ceux qui sont frappés en plein cœur.

« Je ne t'appelle pas parce que je suis effondrée.

Je t'embrasse très fort »

Cette amie, quasi-membre de la famille, ne feint pas son immense tristesse. C'est sans doute l'un des messages qui m'ont le plus touché.

Le docteur Nasio m'avait prévenu dès notre première séance : on ne peut pas lutter contre le deuil. Il faut l'accepter, l'apprivoiser, le dompter, mais rien n'empêche la douleur et le manque. Aucun Xanax ne fait revenir votre père ou votre mère. J'ai trouvé des réponses grâce à ce psychanalyste, j'ai compris le lien indestructible qui m'unissait à mes parents, mais je n'ai pas pu atténuer la souffrance. Autour de moi, j'ai vu les ravages de cette pathologie qui ne porte pas de nom. Des amis traumatisés, des collègues abattus des semaines durant, des proches qui basculent dans la dépression.

Régulièrement, et avec beaucoup de tendresse, on me demande si ça va mieux, si je me remets. Je préfère dans ces cas-là botter en touche. « Oui, oui, ça va... »

En réalité, la douleur ne s'éteint pas.

Et je pense que la société nie cela. Parce que nous sommes en permanence en recherche de succès, de bonheur, de plaisir. Qui, à part les trois ou quatre personnes les plus proches de vous, a envie d'entendre que votre maman vous manque tous les jours, que vous avez envie de passer du temps avec votre papa ?

Je suis très attentif, désormais, aux témoignages de celles et ceux qui, comme moi, ont perdu leurs parents. Récemment, dans un podcast, Anne Sinclair racontait avec émotion avoir perdu son père quand elle avait trente ans. C'est, disait-elle, « une blessure qui ne s'est jamais refermée ». Quarante ans après, sa voix trahissait sa peine et son chagrin.

Quarante ans…

Comme une perpétuité.

Et donc… Que fait la société pour accompagner ceux qui souffrent du deuil ? Qui se sentent orphelins ? Et qui ont un mal fou à surmonter leur chagrin ? Pas grand-chose. Pour ne pas dire rien.

D'abord, que dit la loi ? Tout salarié peut obtenir une autorisation d'absence en cas de décès d'un membre de sa famille. Un frère, une sœur. Un mari, une épouse. Un beau-père, une belle-mère. Et, bien sûr, un père ou une mère. Sans distinction d'ailleurs. J'adore mes beaux-parents mais il est évident que je n'ai pas le même lien avec eux qu'avec mes propres parents. Pour tous ces drames, on offre généreusement trois jours de congés, pas un de plus. Pour la perte d'un enfant, les règles ont changé très récemment, en juillet 2020. Désormais, un parent qui vient de subir ce choc peut s'arrêter de travailler quinze jours.

Comment une société aussi protectrice, qui pousse au maximum le principe de précaution, qui nous a donné jusqu'à vingt et un jours de congés parce qu'on était cas contact de la Covid-19, une semaine en cas d'angine, quatre jours pour une gastro, comment cette société peut-elle imaginer qu'au bout de trois jours on soit prêt à reprendre une activité normale ? Ces trois jours sont une honte.

Heureusement, de nombreuses entreprises accroissent ce congé, beaucoup de patrons sont conciliants et compréhensifs. Mais le signal envoyé à ceux qui vivent ce drame est clair : séchez vite vos larmes, rangez vos mouchoirs et reprenez-vous.

Il faut ouvrir un débat public sur notre manière de (ne pas) gérer le deuil. Et commencer par allonger ce délai de congés.

Trois jours, cela ne suffit simplement pas à organiser des obsèques, dans notre pays. C'est facile à comprendre, le premier jour, on est dans un état de sidération. Et les deux suivants, on essaie de remonter à la surface. Tout en commençant à gérer l'énorme bouillie administrative qui va gâcher une bonne partie des mois suivants.

Un an après la mort de ma mère, je me bats toujours pour récupérer une partie de sa pension du mois d'octobre 2021. Pas pour l'argent, mais pour le principe. Rien ne nous est épargné.

Trois jours, c'est non ! La durée la plus correcte me semble être cinq jours, donc une semaine. Et sans doute aussi la possibilité de prolonger cette absence, avec l'accord de l'entreprise. Comme un congé pathologique, qu'un médecin pourrait accorder. J'aimerais qu'un ou une ministre s'empare du dossier. Ou qu'un député fasse une proposition de loi. C'est une mesure évidente. Qui doit pouvoir être acceptée par l'ensemble des partenaires sociaux.

Un pays riche peut se permettre l'octroi de ces deux journées supplémentaires. Il faut en tout cas inventer une nouvelle manière d'aborder ce deuil, pour essayer d'en atténuer les conséquences.

Il me paraît également indispensable de proposer une assistance psychologique aux personnes endeuillées. La société doit pouvoir « offrir » une heure, au minimum, de consultation avec un psy. Cela doit être facultatif, car tout le monde n'en ressent pas le besoin. Avec l'expérience qui est la mienne, je recommande vivement ce soutien.

Il faut aussi penser aux petits-enfants. Ils sont violemment touchés par le deuil de leurs grands-parents. C'est souvent leur premier « contact » avec la mort. Notre but est de les protéger. Peut-être en leur accordant aussi un congé scolaire de quelques jours. Ainsi qu'une aide psychologique.

Enfin, comme pour les thème de la fin de vie et de l'euthanasie, désormais évoqués librement au cinéma ou à la télévision, il faut tout simplement en parler.

Raconter ce qu'on traverse. À ses proches, à ses amis. Ne pas se refermer sur sa douleur. Oser dire que l'on a mal, que l'on est triste. Oser dire que, non, ça ne passe pas.

Oser dire qu'on est jaloux. De ses amis qui, eux, ont encore leurs parents. Je déteste cette pensée, mais elle ne me quitte pas. Pourquoi eux ? Pourquoi la vie leur a-t-elle fait ce cadeau ?

En octobre 2022, tandis que j'écris ces lignes, l'affiche du nouveau film de Gad Elmaleh est omniprésente dans les rues, dans le métro. On y voit l'acteur avec… ses deux parents, Régine et David. Qui jouent donc leurs propres rôles dans cette comédie. Gad Elmaleh a deux ans de plus que moi. Et je ne peux m'empêcher de me dire :

quelle chance de les avoir près de lui, de leur parler, de les toucher. J'ai envie de lui téléphoner (mais je ne le connais pas ou si peu !) pour lui dire : « Reste avec eux le plus longtemps possible, appelle-les tous les jours et même plusieurs fois par jour. »

Je donnerais n'importe quoi pour un coup de fil à ma mère. Un seul. Une minute. L'entendre me dire qu'il fait un peu frais aujourd'hui. Ou alors qu'il neige ! Traditionnel breaking news familial qui nous occupait des heures. Qu'elle va aller chez le coiffeur. Qu'elle a des nouvelles de je ne sais quelle cousine. Qu'elle a hâte de nous revoir, dans quelques jours. Je l'imagine conclure la conversation comme elle le faisait toujours en disant « voilà pour les dernières nouvelles d'Alsace ». Et surtout le traditionnel « au revoir, mon p'tit père » qu'elle me lançait encore à plus de quarante ans… Ça n'arrivera plus. Jamais.

Ma fille, Lola, a commencé à noter les expressions qu'elle utilisait, et qui nous amusaient.

Au chlouf, pour dire « au lit ».

Les piaous, pour les pieds.

Pour essayer de ne pas oublier. Et perpétuer son souvenir.

Lola me raconte avec beaucoup de justesse le cercle vicieux qui s'installe juste après la mort.

« Penser à Grand-mère me remplit de tristesse, mais ne pas penser à elle me bouleverse tout autant, car j'ai l'impression qu'elle me quitte. Pour toujours. » Voilà bien résumé le désarroi des personnes endeuillées.

Et si on était contraint d'oublier, ne serait-ce que pour avoir un peu moins mal ? Passer à autre chose, pour aller mieux, et continuer à vivre.

Pourtant, quand quelqu'un meurt, on ne cesse de dire : ne l'oublions pas, sous-entendu, ne cessons pas l'aimer. Quel dilemme…

Quand je demande à Lola si elle arrive à parler de son chagrin à ses amis, elle est presque surprise. Personne ne peut vraiment comprendre, me dit-elle. Parce que chaque mort, chaque deuil est singulier. Et parce que nombreux sont les ados et les jeunes qui n'ont pas vécu cette expérience.

Lola se souvient avec une précision parfaite de tout ce qui s'est passé ce lundi 18 octobre.

Et notamment l'instant déchirant où je lui ai appris, dans la rue, que sa grand-mère est décédée. Elle me sidère, presque un an après, en me rappelant que, sous le choc, elle s'est asisse par terre, sur le trottoir, et qu'une inconnue est venue la réconforter. Son père était là, sa mère était là, son frère aussi. Mais nous étions tous les trois tellement anéantis que nous n'avons pas pu la soutenir.

En réalité, comme je le pense depuis ce jour, à cet instant, Lola aurait dû être prise en charge par les secours. Pas forcément pour être hospitalisée, mais simplement épaulée. Elle avait du mal à respirer, et a fait une sorte de malaise.

Faire son deuil, c'est aussi comprendre. Mon père est mort d'une longue maladie, comme on disait il n'y a pas si longtemps. J'ai parlé à ses médecins pendant des mois. Je sais tout de ce qui s'est passé, de l'évolution de son cancer. Je n'ai pas de questionnement. J'ai toutes les réponses. Ou presque.

Pour ma mère, c'est différent. La brutalité de son décès me pousse très vite à mener une enquête sur ses derniers jours et ses derniers instants. D'abord, je veux savoir ce qui s'est passé au moment où elle s'est écroulée. J'interroge plusieurs fois l'amie qui l'accompagnait.

« Tu es sûre qu'elle n'a rien dit ? Pas un mot ? »

Non, rien. En revanche, la veille, tard dans la soirée, elle appelle sa meilleure amie Corinne et lui dit des choses prémonitoires. Comme si elle sentait que la fin était proche. Elle lui demande de s'occuper de ma sœur. Et dit explicitement qu'elle ne se sent pas bien.

Mon investigation me permet également de découvrir que cinq jours avant sa mort elle a fait un malaise. Sans nous le dire. Elle est allée voir le médecin de famille, qui l'a rassurée. En réalité, elle était épuisée par un très lourd traitement contre le cancer. Chimio, radiothérapie, immunothérapie. Elle avait été guérie. Mais à quel prix...

Enfin sauvée, pour avoir le temps de mourir.

Son corps avait tant souffert de toutes ces séances qu'il a fini par lâcher. Et puis, elle avait soixante-treize ans.

Presque un an après sa mort, je me rends chez sa cardiologue, qui est aussi la mienne. Une expatriée bulgare, volubile et attachante, qui évoque ma mère pendant de très longues minutes. Selon cette docteure, la cause la plus probable du décès est une embolie pulmonaire. Un caillot de sang qui se forme et va étouffer le poumon, ce qui provoque ensuite un arrêt cardiaque.

Qu'est-ce que ça change ? me diront certaines personnes.

Rien. Mais je le sais, c'est tout. J'avais besoin de le savoir. De tout comprendre.

Mais le plus important, sans doute, en interrogeant ce médecin, et aussi certains de ses proches, c'est que je me rends compte une fois encore que ma mère a tout fait pour nous protéger. Pour nous aimer. Jusqu'à son dernier souffle.

En septembre 2022, durant l'écriture de ce livre, j'ai reçu dans mon émission, sur BFMTV, le chef étoilé Yannick Alleno. Il a vécu cette horreur de perdre un enfant. Son fils, Antoine, vingt-quatre ans, a été tué par un chauffard à Paris. Quelques mois seulement après ce drame, il a décidé de lancer une association pour venir en aide aux parents qui se retrouvent dans un dénuement total, après le décès de leur fils ou de leur fille. Abandonnés.

« On juge une société à la façon dont elle traite ses morts », me dit-il ce jour-là. J'aimerais ajouter « dont elle traite ses morts et leurs proches ». Il se dit écœuré, consterné par ce qu'il a vécu. Cette « déshumanisation », notamment à l'hôpital, où il a été reçu entre deux portes, pour apprendre la mort d'Antoine, l'a autant choqué que l'accident lui-même.

Ces mots m'ont paru familiers. Même si, bien sûr, on ne peut pas comparer la perte d'un enfant avec celle d'un parent.

Il est temps de prendre en compte ceux qui restent.

Au-delà de la perte d'un être cher, le deuil c'est aussi toucher du doigt la mort. Depuis le décès de mes parents, je ne peux m'empêcher de penser que je suis le prochain sur la liste. Pourtant, à quarante-neuf ans, j'ai sûrement encore un peu de marge. Oui, mais, je croyais aussi que mon père était jeune, à soixante-huit ans. Qu'il était en pleine forme, presque invincible.

Je m'inquiète aussi pour ma femme, pour mes amis. Et même pour mes enfants. C'est affreux mais la mort fait désormais partie de mon quotidien. Elle est là, quelque part en moi. Comme un virus qui sommeille et peut se réveiller à tout instant. N'imaginez pas pour autant que je sois devenu un être lugubre, et habité par la peur de la Grande Faucheuse. C'est mon rapport à la mort qui a changé. Je savais ce que c'était pourtant.

En 2014, deux ans avant la mort de mon père, j'avais dit adieu à ma grand-mère paternelle, une femme que j'adorais. Qui a joué un rôle essentiel dans ma vie. Mais elle avait quatre-vingt-neuf ans... Et j'étais préparé. C'est la mort brutale qui m'effraie. Celle qui vous prend par surprise. Je pense souvent à Thierry Gilardi, formidable journaliste qui m'avait donné ma chance quand j'avais vingt ans, à Canal+.

Décédé à quarante-neuf ans. En pleine gloire. Tiens, c'est mon âge, justement.

Je souris en relisant cette phrase de Jean d'Ormesson, l'ancien immortel : « Mourir ne me dérange pas. Je suis juste ennuyé par la perspective de ne plus pouvoir savoir ce qui va se passer. » Quel sens de l'autodérision !

Comme le dit mon fils, qui du haut de ses dix-huit ans me donne une jolie leçon de philosophie : « Le plus dur, c'est pour ceux qui restent, et qui ne croient en rien. »

La mort, après tout, ce n'est qu'une étape dans beaucoup de religions. Dans les pages nécrologiques du *Figaro*, par exemple, on ne dit pas qu'Untel est décédé, mais qu'il est « rappelé à Dieu ». Encore faut-il croire au paradis… ou à l'enfer. Voire à la réincarnation. Dans cette famille où la religion n'entre pas, mon fils, Noé, me confie, qu'il a malgré tout remarqué quelque chose depuis la mort de sa grand-mère. « Une présence ». « Quelque chose, dit-il, qui m'enveloppe et me rassure. » Rien de surnaturel. Pas de guéridon qui tourne. Mais sans doute une force intérieure qui vient le réconforter, quand le manque est trop fort. Je trouve cela très beau même si cela ne change rien pour moi : j'avoue ne pas ressentir cette présence, c'est dommage. En revanche, je suis heureux d'avoir pu dire tout mon amour pour mes parents dans ce livre. Ils méritaient cet hommage simple et sincère.

Contrairement à ce que beaucoup de mes proches m'avaient dit, écrire ne m'a pas fait du bien. Cela a même été souvent douloureux de remuer tous ces souvenirs, d'entériner ce double manque.

Mais sans doute à terme, et même dès maintenant inconsciemment, cela m'aide à poursuivre le travail de deuil.

Le petit pavillon de Marcoussis est donc à vendre. Après quelques mois infructueux, nous finissons par trouver un couple d'acheteurs. Il faut vider la maison. Mettre à la poubelle quatre décennies d'une vie de famille. Des meubles, des fringues, des abat-jour, une yaourtière, des outils de jardin. Des centaines de photos… Qu'on va plutôt garder.

Avec ma sœur, nous nous y retrouvons une dernière fois, tous les deux, quelques jours avant la signature chez le notaire.

Les pièces sont vides, ou presque. Il reste ce piano, dont on n'arrive pas à se débarrasser. Une valise ancestrale retrouvée dans le grenier. Des vieux journaux que j'achetais quand j'étais adolescent. Des exemplaires du *Parisien* datant de 1990 et 1991 avec mes premiers articles signés lors de deux stages effectués à la rédaction locale de Seine-Saint-Denis. J'avais à peine dix-sept ans, et une irrésistible envie de faire ce métier. Je me suis souvent interrogé sur l'origine de cette vocation. Mes parents ne s'intéressaient pas à l'actualité. La presse n'existait pas à la maison. On regardait un peu les journaux télévisés le week-end, notamment lors du traditionnel déjeuner dominical. Ce que je sais en revanche, c'est qu'ils m'ont toujours soutenu avec une grande énergie. Ma mère s'est démenée pour que je décroche ce premier stage, sans convention. Mon père avait trouvé dans ses contacts professionnels un type dont la sœur m'avait fait faire mes premiers pas à la radio, dans une FM musicale.

Ils ont cru en moi. Même quand je leur ai dit : « La fac d'histoire, ce n'est pas pour moi. » Ça faisait trois mois en effet que je passais mes journées au café en face de Tolbiac ! Jamais nous ne nous sommes disputés à ce sujet. Ils m'ont fait confiance. Et je sais que je leur dois beaucoup.

En vidant les dernières pièces du pavillon, nous retrouvons aussi, presque par hasard, nos cahiers d'école, de catéchisme, des vieux dessins qui nous font rire (mon Dieu comment peut-on être aussi nul avec des crayons de couleur). Mais nous avons le cœur gros.

Quitter cette maison, c'est dire un dernier adieu à nos chers parents. Nous en profitons pour aller au cimetière. Et découvrons que deux plaques ont été volées sur la pierre tombale. Oui, on vole dans les cimetières. Nous nous retenons pour ne pas sangloter devant ce méfait qui nous accable.

De retour à la maison pour terminer l'évacuation, je regarde le drôle de jardin en forme de coteau et je repense à ces dimanches après-midi où, tout en haut, nous entendions les vrombissements du circuit de Montlhéry. Je revois mes parents s'affairer pour préparer un barbecue, et le repas familial du dimanche. Cette chambre, qui a été la mienne pendant plus de quinze ans, cette salle de bains qui me paraissait immense enfant, et qui est aujourd'hui devenue une chambre.

Nous nous rappelons quelques souvenirs. Pour faire mine de tenir le coup. Avec beaucoup de pudeur, ma sœur m'avoue qu'elle a eu un sérieux contrecoup quelque temps après la mort de notre mère, qu'il lui a fallu du temps pour admettre qu'elle n'était plus là. En disant cela, des larmes coulent sur ses joues. À cet instant, nous sommes juste deux enfants orphelins.

Dans la boîte aux lettres de Marcoussis que nous vidons pour la dernière fois, il y a de nombreux prospectus.

Et un courrier du Trésor public.

« Chère Madame,

Vous êtes redevable d'un forfait de post-stationnement constaté le 18 octobre 2021 à 14 h 45, au 13 rue Dombasle, pour le véhicule Alfa Romeo immatriculé DJ *** **. »

Ma mère a donc été verbalisée alors qu'elle agonisait sur le trottoir.

Quelques jours après avoir reçu le premier PV, ma sœur avait contesté l'amende, et envoyé à l'administration un courrier détaillé, contenant le certificat de décès, établi le même jour à 15 heures. La lettre plaidait la clémence.

Nul ne peut se soustraire à la loi, mais on peut aussi considérer que, dans ces circonstances tragiques, et vu la non-gravité des faits, un geste de bonté, et même d'humanité, s'imposait.

Le courrier stipule que non seulement nous devons payer la première amende de cinquante euros, mais qu'en plus nous devons régler une majoration du même montant.

Nous sommes stupéfaits. Si l'on a bien compris cette lettre des Finances publiques, mourir peut attendre…

Je sens la colère monter devant tant de bêtise cruelle, n'ayons pas peur des mots.

Mais, que s'est-il passé précisément ce 18 octobre en début d'après-midi ? Je veux comprendre, je veux faire une reconstitution, même si cela ne changera rien.

Je repasse le film dans ma tête.

À 14 h 10, ma mère qui vient de sortir de sa voiture, tombe par terre. Avait-elle eu le temps de mettre un ticket pour le stationnement ? Visiblement, non. Se dirigeait-elle vers l'horodateur ? C'est le plus vraisemblable. Ma mère n'avait qu'une toute petite retraite et donc pas les moyens de payer des amendes, surtout dans la capitale, où les tarifs se sont envolés ces dernières années.

À 14 h 20, les secours sont là.

Lorsque nous arrivons, mon fils et moi, à 14 h 30, la rue est déjà bloquée. Ce n'est donc pas une voiture radar, qu'on surnomme aussi « sulfateuse à PV », qui s'est engagée dans la voie. C'est bien un ou une fonctionnaire qui, à 14 h 45, comme l'indique le document officiel, dans cette rue transformée en zone de combat, a sorti son calepin, pour verbaliser la voiture.

Ma mère, morte, ou presque, était à quinze mètres. Il y avait quatre véhicules de secours. Mais, consciencieusement, professionnellement, cette personne a rédigé le PV. Un peu plus, et elle enjambait le corps. Pour continuer son travail. Soit. Mais que dire de la réponse de l'administration ?

Peut-on se parler entre êtres humains ? La mort, ce n'est pas suffisant comme excuse ? Je voudrais savoir qui nous a demandé de payer cette majoration. Après tout, si c'est une réponse presque automatique, celle d'un logiciel, je serais rassuré. Mais si c'est un être humain, quelle est sa logique ? Faire du chiffre ? Sur le dos d'une famille qui souffre ?

Nous allons devoir à nouveau contester cette amende. Mais sans grand espoir. Le PV sera sûrement à nouveau majoré. Deux cents euros, cette fois ? Chiche ! Je ne lâcherai pas.

Cette minuscule bataille pour une « prune » cache un lourd sentiment d'incompréhension. Et une forme de rage.

Perdre son père ou sa mère, c'est d'abord affronter une peine immense, puis préparer des obsèques, dans un état second, et payer une addition conséquente. Se lancer, enfin, dans une guérilla avec l'administration, qui a rayé les termes empathie et compréhension de son vocabulaire.

J'ai lu récemment qu'il existait des *funeral planners*. Des organisateurs d'enterrement sur le modèle des *wedding planners*, qui gèrent votre mariage de A à Z.

Pourquoi pas ? C'est une charge en moins. Mais je vois aussi que cette prestation est facturée de 1500 à 2000 euros. Beaucoup ne peuvent se le permettre.

Nous avons eu la chance ma sœur et moi d'être accompagnés par une amie, conseillère bancaire. Elle a fait toutes les démarches pour nous. Notre situation familiale et patrimoniale était simple. Mes parents n'étaient pas fortunés. Mais cela peut vite tourner au casse-tête.

Cette affaire de PV m'attriste autant qu'elle me révolte.

Ce courrier, je l'ai reçu comme une marque de mépris.

On pourrait faire tellement mieux.

Simplement.

En acceptant l'idée que le deuil et la mort peuvent se retrouver au cœur de nos vies.

Avec ce livre, j'essaie d'entamer humblement une réflexion sur ce sujet qui nous concerne tous.

Et si on en parlait librement ? Sans en avoir peur ?

Sans colère ni tabou ?

REMERCIEMENTS

Je tiens à remercier en premier lieu Guy Birenbaum, qui m'a guidé et soutenu durant cette première expérience d'écriture.

Un grand merci aussi à l'équipe de Stock, et en particulier à Manuel Carcassonne, qui a tout de suite cru à ce livre.

Merci également à ma femme Catherine, première lectrice, et à mes enfants Lola et Noé, à mes côtés dans ce projet.

Cet ouvrage a été composé
par PCA
et achevé d'imprimer en France
par CPI FIRMIN-DIDOT (27650 Mesnil-sur-l'Estrée)
pour le compte des Éditions Stock
21, rue du Montparnasse, 75006 Paris
en avril 2023

PAPIER CERTIFIÉ

Stock s'engage pour l'environnement en réduisant l'empreinte carbone de ses livres.
Celle de cet exemplaire est de :
450 g éq. CO_2
Rendez-vous sur
www.editions-stock-durable.fr

Imprimé en France

Dépôt légal : avril 2023
N° d'édition : 03 - N° d'impression : 174912
00-83-6465/0